Romain Rolland

Pierre und Luce

aufbau

Romain Rolland

Pierre und Luce

Roman

Aus dem Französischen
und mit einem Nachwort
von Hartmut Köhler

aufbau

Titel der Originalausgabe
Pierre et Luce

ISBN 978-3-351-03313-2

Aufbau ist eine Marke der
Aufbau Verlag GmbH & Co. KG

1. Auflage 2010

Einbandgestaltung hißmann, heilmann, hamburg
Druck und Binden CPI – Clausen & Bosse, Leck
Printed in Germany

www.aufbau-verlag.de

AMORI

Pacis Amor Deus
Properz

Zeitraum der Erzählung:

Von Mittwoch, dem 30. Januar 1918, abends
bis Karfreitag, dem 29. März 1918

Pierre stürzte sich in die Metro. Rohes, fiebriges Gedränge. Er stand dicht bei der Tür, eingezwängt zwischen Menschenleibern, atmete die stickige Luft, die durch ihre Münder strich, und starrte blicklos in das schwarze, dröhnende Tunnelgewölbe, über das die leuchtenden Pupillen des Zuges glitten. Durch sein Denken geisterten die gleichen Schatten, die gleichen Lichter, hart und zuckend. Er erstickte fast in seinem hochgeschlagenen Mantelkragen. Die Arme an den Leib gepresst, die Lippen fest aufeinander, schweißfeucht die Stirn und doch erschauernd unter dem eisigen Luftzug, jedes Mal wenn die Tür aufging, versuchte er, nicht zu sehen, nicht zu atmen, nicht zu denken, versuchte er, nicht zu leben. Im Herzen dieses Achtzehnjährigen, fast ein Kind noch, war dumpfe Verzweiflung. Über ihm, über der Finsternis dieses Gewölbes, diesem Rattenloch, in dem das metallene Monster mit seinem Gewimmel menschlicher Larven dahinsauste, war Paris, der Schnee, die Kälte der Januarnacht, der Alptraum von Leben und Tod – war der Krieg.

Der Krieg. Vor vier Jahren hatte er sich in ihrem Leben eingenistet. Seine Jugend war von ihm gezeichnet gewesen. Er hatte ihn in jener seelischen Krise überfallen, in der ein junger Mensch, schon verunsichert durch das Erwachen seiner Sinne, mit Erschauern die rohen, blinden, zerstörerischen Kräfte eines Lebens entdeckt, dem er ausgeliefert ist, ohne dass er jemals nach ihm verlangt hätte. Und wenn er wie Pierre feinfühlig, warmherzig und von zarter Statur ist, empfindet er einen Ekel, ein Grauen, das er anderen nicht einmal mitzuteilen wagt, vor solchen Rohheiten, solchem Schmutz, solchem Irrsinn der fruchtbaren und gefräßigen Natur – dieser ferkelnden Sau, die den eigenen Wurf frisst. In jedem jungen Mann zwischen sechzehn und achtzehn Jahren steckt ein wenig von der Seele Hamlets. Verlangt von ihm nicht, den Krieg zu begreifen! (Das ist was für euch, ihr gesetzten Leute!) Er hat schon genug damit zu tun, das Leben zu begreifen und ihm zu verzeihen. Für gewöhnlich vergräbt er sich in den Traum und in die Kunst, bis er sich an seine Menschwerdung gewöhnt und die Puppe ihren verstörenden Übergang von der Larve zum Insekt vollendet hat. Wie sehr braucht er Frieden und innere Sammlung in diesen wirren Apriltagen des heranreifenden Lebens! Stattdessen kommt man und holt ihn aus seinem Schlupfwinkel, reißt ihn, der noch so zart ist in seiner neuen Haut, aus dem Dunkel, zerrt ihn an die raue Luft, wirft ihn unter das rohe Menschengeschlecht, dessen Wahnsinn und dessen Hass er sich auf der Stelle zu eigen machen und zugleich dafür büßen soll – ohne dass er sie überhaupt verstünde.

Pierre war mit seinem Jahrgang, den Achtzehnjährigen, einberufen worden. In sechs Monaten brauchte das Vaterland sein Fleisch. Der Krieg verlangte es. Sechs Monate Zeit noch. Sechs Monate: Wenn man bis dahin doch wenigstens aufhören könnte zu denken. Unter der Erde bleiben könnte. Das grausame Tageslicht gar nicht mehr sehen müsste!

Mit dem wieder anfahrenden Zug tauchte er ins Dunkel ein, und er schloss die Augen.

Als er sie wieder aufmachte, stand ein paar Schritte entfernt, durch zwei fremde Körper von ihm getrennt, ein junges Mädchen, das gerade zugestiegen war. Zuerst sah er von ihr nur das zarte Profil unter dem Schatten des Hutes, eine blonde Locke auf der schmalen Wange, einen Schimmer Licht auf dem sanft geschwungenen Backenknochen, die feine Linie von der Nase zur leicht aufgeworfenen Lippe und den halb geöffneten Mund, der noch bebte von der Eile. Durch die Pforte seiner Augen trat sie in sein Herz, trat sie ein ganz und gar; und die Pforte ging wieder zu. Der Lärm um ihn verstummte. Stille. Frieden. Sie war da.

Sie sah ihn nicht an. Sie wusste noch gar nicht, dass es ihn gab. Und doch war sie schon in ihm. Er hielt ihr Bild, das stumme, fest in seinen Armen, er wagte kaum zu atmen, aus Angst, sein Atem könnte sie streifen …

An der nächsten Station heftiges Gedränge. Schreiend stürzten sich die Leute in den schon überfüllten Wagen. Pierre wurde von der Menschenwoge gestoßen, angehoben. Über dem Tunnelgewölbe, hoch oben in der Stadt, das Geräusch dumpfer Detonationen. Der Zug fuhr wieder an. In diesem Augenblick kam ein Mann, sich die Hände vors Gesicht haltend, entsetzt die Treppe zum Bahnsteig heruntergelaufen und fiel zu Boden. Man konnte eben noch das Blut sehen, das ihm durch die Finger rann … Und wieder der Tunnel und die Nacht … Jemand im Wagen schrie: »Die Flieger sind da!« In der allgemeinen Aufregung, die die vielen zusammengepferchten Leiber zu einem einzigen verschmolz, hatte Pierres Hand nach einer anderen Hand gegriffen, die ihn berührte. Als er den Blick hob, sah er, dass *sie* es war.

Sie machte sich nicht los. Auf den Druck seiner Finger antworteten ihre Finger zunächst erregt, ein wenig verkrampft, und überließen sich ihm dann sanft, brennend, reglos. So blieben sie im Schutz des Dunkels, ihre Hände waren wie zwei Vögel im selben Nest; das Blut aus ihren Herzen schien in einem einzigen Strom durch ihre warmen Handflächen zu fließen. Sie sagten kein Wort, machten keine Bewegung. Sein Mund berührte fast die Haarlocke auf ihrer Wange und ihr Ohrläppchen. Sie sah ihn nicht an. Zwei Stationen weiter ließ sie ihn los, er hielt sie nicht fest, sie schlüpfte zwischen den Körpern hindurch und war fort, ohne ihn angesehen zu haben.

Als sie verschwunden war, fiel ihm ein, dass er ihr nachlaufen müsste ... Zu spät, der Zug fuhr schon an. Beim nächsten Halt stieg er aus und ging nach oben. Die Nachtluft umfing ihn, unsichtbar streiften ihn ein paar Schneeflocken, die Stadt hatte ihn wieder, die verängstigte und über ihre Angst spottende Stadt, über der hoch oben noch immer die Kriegsvögel kreisten. Aber er sah nichts anderes als sie, die in ihm war; und die Hand der Unbekannten in der seinen haltend kehrte er heim.

Pierre Aubier lebte bei seinen Eltern, nicht weit vom Square de Cluny. Sein Vater war Richter; sein Bruder, sechs Jahre älter als er, hatte sich zu Kriegsbeginn freiwillig gemeldet. Eine gutbürgerliche Familie, rechtschaffen französisch, ehrbare Leute, freundlich und umgänglich, nur hatten sie noch nie selbständig zu denken gewagt und ahnten wahrscheinlich nicht einmal, was das war. Durch und durch redlich und von hohem Pflichtbewusstsein, hätte Richter Aubier entrüstet und als höchste Stufe der Beleidigung die Unterstellung zurückgewiesen, seine Urteile könnten je von etwas anderem bestimmt sein als vom Streben nach Gerechtigkeit und der Stimme seines Gewissens. Doch die Stimme seines Gewissens hatte sich noch nie gegen die Regierung erhoben, und sei es nur halblaut. Sie war seit eh und je die Stimme eines Staatsbeamten, sprach ganz und gar im Hinblick auf den Staat, der sich wandeln mochte, aber immer unfehlbar blieb. Die etablierte Macht war für sie selbstverständlich und heilig. Richter Aubier empfand aufrichtige Bewunderung für die unbeugsam freien Richter, die in Erz gegossenen großen Namen der Vergangenheit; und vielleicht glaubte er sich insgeheim in ihrer Nachfolge. Aber er war ein sehr kleiner Michel de l'Hospital[1], über den ein Jahrhundert republikanischer Dienstbarkeit hinweggegangen war. – Was Madame Aubier anging, so war sie eine ebenso gute Christin, wie ihr Mann guter Republikaner war. So ehrlich und überzeugt er sich zum willigen Instrument der Macht gegen jegliche Freiheit machen ließ, die nicht amtlich genehmigt war, so stimmte sie in ihren Gebeten in aller Herzensreinheit in die mörderischen Wünsche ein, mit denen in allen Ländern Europas katholische Priester wie protestantische Pastoren, Rabbiner wie Popen, die Presse wie die braven Bürger den Krieg segneten. Und beide, Vater wie Mutter, liebten ihre Kinder heiß und innig, hatten als echte Franzosen nur für sie wirkliche, tiefere Gefühle, hätten alles für sie geopfert und opferten sie – um es allen anderen gleichzutun – auch ihrerseits, ohne zu zögern. Wem? Dem unbekannten Gott. Zu allen Zeiten hat Abraham seinen Isaak zur Schlachtbank geführt. Und seine hoch gerühmte Verblendung dient der armen Menschheit noch immer als Vorbild.

Im Kreise dieser Familie gab es, wie so oft, viel Zuneigung, aber keine Offenheit. Wie sollten auch die Gedanken sich frei von einem zum andern mitteilen können, wenn jeder vermeidet, den eigenen Gedanken auf den Grund zu gehen? Was immer man empfindet, man weiß, dass bestimmte Dogmen respektiert werden müssen. Und ist dies schon lästig genug, wenn die Dogmen so diskret sind, in ihren vorgezeichneten Grenzen zu bleiben (was im Großen und Ganzen für die Dogmen des Jenseits gilt), so wird es unerträglich, wenn sie sich in unser irdisches Leben einmischen, es in einer Weise bestimmen wollen, wie unsere unumstößlichen weltlichen Dogmen dies tun! Man missachte nur einmal das Dogma vom Vaterland! Mit der neuen Religion waren wir ins Alte Testament zurückversetzt. Sie begnügte sich nicht mehr mit Lippenbekenntnissen, harmlosen, wenn auch lächerlichen hygienischen Praktiken wie der Beichte, dem Freitagsfasten oder der Sonntagsruhe, die unsere Aufklärer einst so in Rage gebracht hatten zu Zeiten, als das Volk frei war – unter den Königen. Nein, den ganzen Menschen wollte sie nun, seinen Leib, sein Blut, sein Leben und sein Denken – mit weniger gab sie sich nicht zufrieden. Vor allem sein Blut. Seit den Azteken in Mexiko war keine Gottheit mehr so gierig darauf. Es wäre sehr ungerecht zu behaupten, dass die Gläubigen darunter nicht litten. Sie litten, aber sie glaubten. Ach, meine armen Menschenbrüder, für die sogar das Leiden noch ein Beweis des Göttlichen ist …! Monsieur und Madame Aubier litten wie alle anderen, und wie alle anderen beteten sie an. Doch von einem jungen Menschen konnte man diese Verleugnung von Herz, Sinnen und Verstand nicht verlangen. Pierre hätte wenigstens das verstehen wollen, was ihn bedrückte. Wie viele Fragen brannten ihm auf der Seele, die er nicht aussprechen durfte! Denn das erste Wort wäre immer gewesen: »Aber wo ich doch nicht daran glauben kann!« – schon das ein Sakrileg. Nein, er konnte nicht reden. Sie hätten ihn erschrocken und entsetzt angesehen, empört, voller Schmerz und Scham. Und da er in dem formbaren Alter war, wo die Seele, erst zart berindet, sich beim geringsten Windhauch kräuselt und jeder flüchtigen Berührung erschauernd nachgibt, fühlte er sich selbst schon im Voraus traurig und beschämt. Ach, wie sie doch alle glaubten! Aber glaubten sie alle? Wie machten sie das? Er wagte nicht danach zu fragen. Als Einziger nicht zu glauben unter lauter Gläubigen, ist, als ob einem ein Organ fehlte, ein unnötiges vielleicht, das aber alle anderen haben – und errötend verbirgt man seine Blöße vor ihren Blicken.

Wer allein die Nöte des Jungen hätte verstehen können, war sein älterer Bruder. Für Philippe hegte Pierre jene Verehrung, wie sie oft Jüngere für einen

Älteren empfinden (ihm aber eifersüchtig verbergen) – Bruder oder Schwester, fremden Gefährten, mitunter auch nur Vision eines Augenblicks und wieder entschwunden –, der in ihren Augen den Traum all dessen darstellt, was sie selber sein und zugleich auch lieben möchten: keusche Glut und dunkle Ahnung einer stürmischen Zukunft. Der große Bruder spürte diese naive Bewunderung und fühlte sich geschmeichelt. Unlängst hatte er im Herzen des Jüngeren zu lesen versucht und ihm dies sehr schonend erklärt. Denn obwohl er robuster war, hatte er doch das gleiche feine Empfinden wie er, mit dem die besten Männer sich etwas Weibliches bewahren, ohne darüber zu erröten. Aber dann war der Krieg gekommen und hatte ihn aus seinem gewohnten Tun gerissen, aus seinen wissenschaftlichen Studien, aus den Träumen eines Zwanzigjährigen und auch aus dem vertrauten Umgang mit dem jüngeren Bruder. Im ersten trunkenen Idealismus hatte er das alles aufgegeben, er war sich vorgekommen wie ein tollkühner großer Vogel, der sich in die Lüfte schwingt mit der so heroischen wie absurden Illusion, sein Schnabel und seine Krallen würden dem Krieg ein Ende machen und das Reich des Friedens auf Erden wiederherstellen. Seither war der große Vogel zwei oder drei Mal ins Nest zurückgekehrt, und jedes Mal etwas mehr gerupft. Von vielen seiner Illusionen war Philippe bekehrt, aber er fühlte sich zu sehr gedemütigt, um es auszusprechen. Er schämte sich, dass er an all das geglaubt hatte. Wie dumm war er doch, das Leben nicht so gesehen zu haben, wie es ist! Jetzt war er heftig dabei, es zu entzaubern und, wie es auch sei, mit stoischer Gelassenheit hinzunehmen. Und er strafte nicht nur sich selbst; ein böses Verlangen trieb ihn dazu, seine verlorenen Illusionen auch im Herzen des kleinen Bruders zu züchtigen, wo er sie wiederfand. Als beim ersten Heimaturlaub Pierre auf ihn zugelaufen kam, brennend im Innern seiner eingemauerten Seele, war er durch den Empfang des Älteren sofort zu Eis erstarrt, der zwar immer noch freundlich war, aber im Ton etwas bitter Ironisches bekommen hatte. Die Fragen, die Pierre auf der Zunge lagen, wurden augenblicklich zurückgedrängt. Philippe sah sie wohl kommen, aber mit einem Blick, einem schneidenden Wort ließ er ihn verstummen. Nach zwei, drei weiteren Versuchen gab Pierre bekümmert auf. Er erkannte seinen Bruder nicht wieder.

Dieser aber erkannte ihn nur allzu gut. Er erkannte in ihm, was er selbst noch bis vor kurzem gewesen war und nun nicht mehr sein konnte. Und er ließ es ihn spüren. Hinterher tat es ihm zwar leid, doch zeigte er nichts davon und fuhr in seiner Härte fort. Alle beide litten sie, und wie es häufig bei solchen Missverständnissen geschieht, brachte ihr gemeinsames Leid sie einander nicht näher, sondern vergrößerte noch die Kluft. Der einzige Unterschied zwischen ihnen war, dass der Ältere wusste, dass sie dieses Leid teilten, während Pierre sich allein mit ihm glaubte und niemanden kannte, dem er sich hätte mitteilen können.

Warum aber wandte er sich nicht an seine Altersgenossen, seine Mitschüler? Hätte man nicht annehmen können, dass die jungen Leute sich einander anschlossen und gegenseitig eine Stütze waren? Weit gefehlt. Ein trauriges Verhängnis hielt sie, im Gegenteil, voneinander fern, zerstreute sie in kleine Gruppen, und selbst innerhalb dieser Grüppchen wahrten sie Distanz und Zurückhaltung. Die Gewöhnlichsten unter ihnen hatten sich blindlings und kopfüber in die kriegerische Raserei gestürzt. In ihrer Mehrzahl aber hielten sie sich abseits, sie fühlten sich den Generationen vor ihnen in nichts verbunden; deren Leidenschaften, Hoffnungen oder Hassgefühle waren ihnen vollkommen fremd, sie sahen dem besessenen Treiben zu wie nüchterne Menschen einem Betrunkenen. Was vermochten sie schon dagegen? Manche hatten kleine Zeitschriften gegründet, die aber nach den ersten Nummern mangels Luft wieder eingingen. Die Zensur erstickte alles Denken in Frankreich unter einer großen, luftleeren Glocke. Die Vornehmsten unter diesen jungen Leuten, zu schwach zum Revoltieren und zu stolz, um sich zu beklagen, wussten sich im Voraus dem Kriegsbeil ausgeliefert. In Erwartung des Augenblicks, da man sie zur Schlachtbank führen würde, sahen sie schweigend zu und urteilten, jeder für sich, ein wenig herablassend und voll bitterer Ironie. Mit Verachtung sahen sie auf die Mentalität der Herde herab und zogen sich in eine Art intellektuelle und künstlerische Selbstsucht zurück, einen idealistischen Sensualismus, in dem das verfolgte Ich seine Rechte gegen die übrige menschliche Gemeinschaft einforderte. Klägliche Gemeinschaft, die sich diesen jungen Menschen allein unter dem Zeichen gemeinsam begangenen und erlittenen Tötens darbot! Frühe Erfahrungen hatten ihre Illusionen welken lassen: Sie hatten erlebt, was diese Illusionen bei den Älteren wert waren, und sie selbst, die nicht daran glaubten, sollten mit ihrem Leben dafür bezahlen. Sogar ihr Vertrauen in die eigene Generation war erschüttert, das Vertrauen in den Menschen überhaupt. Und es konnte einen in diesen Zeiten auch teuer zu stehen kommen, sich einem andern mitzuteilen! Jeden Tag erfuhr man von irgendeiner Denunziation vertraulicher Gedanken und Gespräche durch einen patriotisch gesinnten Spitzel, den die Regierung in seinem Eifer anspornte und bezahlte. Aus Mutlosigkeit, Verachtung, Vorsicht oder stoischem Bewusstsein ihrer Einsamkeit öffneten sich diese jungen Leute darum einander kaum noch.

Pierre konnte bei ihnen nicht den Horatio finden, den die achtzehnjährigen Hamlets doch suchen. Denn wenn es ihn auch graute, seine Empfindungen der öffentlichen Meinung – dieser Hure – preiszugeben, so war es ihm doch ein Bedürfnis, sie mit Menschen seiner Wahl zu teilen. Er war zu zart, um sich selbst genügen zu können. Er litt unter dem Leid der Welt. Es erdrückte ihn in seiner Summe an Schmerz, wenn er ihn für sich selbst auch übertrieb – denn wenn die Menschheit diesen Schmerz trotz allem erträgt, so weil sie eine dickere Haut hat als ein zarter Jüngling. Was er indessen gar nicht übertrieb und was ihn noch stärker bedrückte als das Leid der Welt, das war ihre Dummheit.

Es ist leicht, zu leiden, leicht, zu sterben, wenn man erkennt, wofür. Man opfert sich, wenn man versteht, warum. Aber worin liegt für einen Heranwachsenden der Sinn der Welt und ihrer Zerrissenheit? Was kann ihn, wenn er ehrlich und bei Verstand ist, an dem rohen Getümmel der Nationen interessieren, die wie sture Böcke aufeinander losgehen, über einem Abgrund, in den sie bald alle fallen werden? Platz war doch genug auf dem breiten

Weg. Warum diese Besessenheit in der Selbstzerstörung? Warum diese hochmutgeschwellten Vaterländer, diese beutehungrigen Staaten, diese Völker, denen man das Morden als eine Pflicht anerzogen hatte? Warum überhaupt dieses Töten allenthalben unter den Lebewesen? Das Fressen und Gefressenwerden? Der Alptraum dieser ungeheuerlichen, endlosen Kette, die man Leben nennt, wo jedes einzelne Glied seine Zähne in den Nacken des anderen schlägt, sich von seinem Fleisch nährt, sich an seinem Schmerz weidet und von seinem Tod lebt? Warum der Kampf und warum das Leiden? Warum das Sterben? Warum das Leben? Warum? Warum …?

Als der junge Mann an diesem Abend heimkam, war das Warum verstummt.

Und doch hatte sich gar nichts verändert. Er kam in sein Zimmer, das mit Papieren und Büchern vollgestopft war. Ringsum die vertrauten Geräusche. Draußen die Sirene, die das Ende des Fliegeralarms verkündete. Im Treppenhaus die erleichterten Stimmen der Hausbewohner, die aus dem Keller heraufkamen. In der Wohnung über ihm das ruhelose Auf und Ab des alten Mannes, der seit Monaten auf seinen vermissten Sohn wartete. Doch die Sorgen, die in seinem Zimmer immer auf ihn gelauert hatten, die waren nicht mehr da.

Mitunter kommt es vor, dass ein unvollständiger Akkord rau klingt; der Geist verspürt eine Unruhe, so lange bis ein weiterer Ton sich hinzufügt, der die einander feindseligen oder einfach fremden Elemente zum Verschmelzen bringt, ähnlich wie bei Besuchern, die sich noch nicht kennen und darauf warten, einander vorgestellt zu werden. Sofort ist das Eis gebrochen, und zwischen den Beteiligten stellt sich Harmonie ein. Zu dieser seelischen Chemie hatte es nur einer flüchtigen warmen Berührung bedurft. Pierre wusste gar nicht einmal, was diese Veränderung bewirkt hatte, und er dachte auch nicht daran, es zu analysieren. Doch er fühlte, dass die gewohnte Feindseligkeit der Dinge sich mit einem Mal besänftigt hatte. Ein stechender Schmerz im Kopf plagt einen seit Stunden: Plötzlich merkt man, dass er weg ist. Wie kam das? Nur an den Schläfen pocht es noch ein wenig zur Erinnerung … Pierre traute dem neuen Frieden allerdings nicht recht. Er argwöhnte, nach kurzer Pause könnte das Übel verstärkt wieder einsetzen. Dass die Kunst solche Ruhepausen verschaffen konnte, das wusste er schon. Wenn Linien und Farben in ihrer göttlichen Proportion uns ins Auge dringen oder in die wollüstig geöffnete Höhlung des Ohrs eine Klangfolge schöner Akkorde eintritt, die sich lösen und wieder verknüpfen nach den Gesetzen der Harmonie, dann stellt Friede sich in uns ein, und Freude überflutet uns. Doch ist dies ein Strahlen, das von außen kommt, wie von einer Sonne, deren fernes Feuer uns fasziniert und für einen Augenblick in der Schwebe hält über unserem Leben. Freilich nur kurz; danach fällt man wieder zurück. Die Kunst ist nie mehr als ein flüchtiges Vergessen der Wirklichkeit. Ängstlich, wie er war, machte sich Pierre auf die gleiche Enttäuschung gefasst. Aber diesmal kam das Strahlen von innen. Nichts vom Leben war vergessen, doch alles fügte sich nun harmonischer, Erinnerungen wie neue Gedanken. Selbst die Gegenstände, die Bücher, die Papiere in seinem Zimmer belebten sich, gewannen eine Bedeutung zurück, die sie verloren hatten.

Seit Monaten war sein geistiges Wachstum gedrosselt wie bei einem jungen Baum, der mitten in der Blüte von den Eisheiligen getroffen wird. Er gehörte nicht zu den gewitzten Jungs, die von den erleichterten Examensbedingungen profitierten, die man den vor der Einberufung stehenden Jahrgängen bot, um unter den nachsichtigen Augen der Prüfer rasch noch ein Abschlussdiplom mitzunehmen. Ebenso wenig verspürte er die verzweifelte Gier des jungen Menschen, der im Gedanken an den nahen Tod das Wissen nur so in sich hineinschaufelt und sich Kenntnisse aneignet, die er im Leben nie mehr wird überprüfen können. Das anhaltende Gefühl der Leere, die am Ende stand, jener Leere, die überall unter der grausamen, absurden Illusion der Welt lauerte, hatte ihn in seinem Elan gelähmt. Er stürzte sich auf ein Buch, einen Gedanken – und brach entmutigt ab. Wozu noch? Wozu etwas lernen? Wozu reicher werden, wenn man doch alles verlieren, alles aufgeben müsste, wenn einem nichts gehörte? Damit Tätigsein, damit Wissen einen Sinn bekam, musste das Leben einen Sinn haben. Diesen Sinn aber hatte kein Mühen des Verstandes, kein

Flehen des Herzens zu finden vermocht. Und nun hatte er sich ganz von allein eingestellt ... Das Leben hatte einen Sinn bekommen.

Wie das? Und während er noch suchte, woher dieses innere Lächeln kam, sah er vor sich den leicht geöffneten Mund, und brennend verlangte es ihn danach, seinen eigenen Mund darauf zu drücken.

Zu normalen Zeiten hätte diese stumme Ergriffenheit wohl nicht lange gewährt. In dieser Phase der Jugend, wo man in die Liebe verliebt ist, sieht man sie in allen Augen; das Herz, das wohl gierig, aber auch unsicher ist, nimmt sie von überall mit; und nichts drängt es, sich festzulegen. Es ist ja noch früh am Tag.

Der heutige Tag aber würde kurz sein; es galt sich zu beeilen.

Im Herzen des jungen Mannes war umso mehr Eile, als er spät dran war. Die großen Städte, die, von weitem gesehen, vor Sinnlichkeit dampfende Kraterschlünde zu sein scheinen, bergen in Wirklichkeit ja noch reine Seelen und unschuldige Körper. Wie viele junge Männer, junge Mädchen bewahren aus Achtung vor der Liebe ihre Sinne unberührt bis zur Ehe! Und wie viel erstaunliche Unwissenheit verbirgt sich selbst in jenen besseren Kreisen, wo die geistige Neugier schon frühzeitig angeregt wird, unter den losen Reden einer jungen Dame von Welt oder auch eines Studenten, der angeblich alles kennt und doch nichts weiß! Es gibt mitten in Paris noch naive Provinzen, kleine Klostergärten, quellenreine Unverdorbenheit. Paris lässt sich von seiner Literatur verfälschen. Die da gern in seinem Namen reden, das sind die Unlautersten. Und im Übrigen weiß man ja nur allzu gut, dass aus falscher Scham gerade die Reinen sich scheuen, zuzugeben, dass sie noch unschuldig sind. – Pierre kannte die Liebe noch nicht; jetzt rief sie ihn zum ersten Mal.

Und auch dies erregte seine Phantasie: dass die Liebe unter der Schwinge des Todes entstanden war. In jenem entsetzlichen Augenblick, als sie spürten, wie die Bomber über ihre Köpfe strichen, als die blutige Vision des schwerverletzten Mannes ihnen ans Herz griff, da hatten ihre Hände sich gesucht; und beide hatten sie in dieser Berührung zugleich mit dem Erschauern des geängstigten Fleisches den zärtlichen Trost des unbekannten Freundes gespürt. Ein flüchtiger Druck nur! Und die eine Hand, die des Mannes, sagt: »Lehn dich bei mir an!« Die andere, mütterliche, bezwingt ihre Angst und sagt: »Mein Kleiner!«

Nichts davon war gesagt oder gehört worden. Aber solch inneres Murmeln erfüllt die Seele weit besser als Worte, ein Blätterrascheln, das nur das Denken verdeckt. Pierre ließ sich wiegen von diesem Summen, dem Gesang einer goldbraunen Hummel gleich, die im Halbdunkel des Seins schwebt. Wie betäubt verbrachte er seine Tage in seinem neuen Sehnen. Das einsame, nackte Herz träumte von Nestwärme.

Paris, in diesen ersten Februarwochen, zählte seine Zerstörungen durch den letzten Luftangriff und leckte seine Wunden. Die Presse in ihrem Zwinger bellte nach Vergeltung. Und wie der Mann, der »die Ketten anlegt«[2], einst gesagt hatte, führte die Regierung Krieg gegen die Franzosen. Die Reihe der Hochverratsprozesse war eröffnet. Das Schauspiel eines Unglückseligen, der seinen vom Staatsanwalt erbittert geforderten Kopf retten wollte, amüsierte *le Tout-Paris*[3], dessen Theaterhunger auch nach vier Jahren Krieg und zehn Millionen Toten in den Kulissen noch nicht gestillt war.

Den jungen Mann aber beschäftigte einzig und allein jener geheimnisvolle Gast, der ihn da besucht hatte. Von seltsamer Intensität sind solche Liebesvisionen, die sich tief ins Denken eingraben und doch keine genauen Umrisse haben. Pierre wäre außerstande gewesen, etwas über die Linien des Gesichts, über die Farbe der Augen oder die Zeichnung des Mundes zu sagen. Nur die Erregung, die ihr Anblick in ihm ausgelöst hatte, fand er wieder. Wie sehr er sich auch mühte, ihr Bild genauer vor Augen zu bekommen, es wurde nur noch unschärfer. Er hatte auch nicht mehr Erfolg, als er sich in den Straßen von Paris auf die Suche machte. Jeden Augenblick meinte er sie zu sehen. Ein Lächeln, ein junger, heller Nacken, ein leuchtender Blick – und schon klopfte ihm das Herz. Aber es gab keinerlei Ähnlichkeit zwischen diesen flüchtigen Visionen und jenem wirklichen Bild, nach dem er suchte und das er zu lieben glaubte. Liebte er sie also nicht? Eben doch, er liebte sie; und deswegen sah er sie überall und in allen Formen. Sie war jedes Lächeln, jedes Licht, jedes Leben. Eine genaue Zeichnung würde nur Eingrenzung sein. – Doch diese Eingrenzung will man, um die Liebe zu umfangen und sie zu besitzen.

Mochte er sie auch niemals wiedersehen, er wusste, dass sie da war und dass sie das Nest war. Der Hafen im Sturm. Der Leuchtturm in der Nacht. *Stella Maris, Amor.* Liebe, wache über uns in der Stunde des Todes …!

Er lief am Seine-Ufer entlang, kam am Institut de France vorbei und sah zerstreut in die Kästen der wenigen Bouquinisten, die dort noch ausharrten. Er stand am Fuße des Pont des Arts, und als er aufblickte, sah er sie, die er suchte. Mit einer Zeichenmappe unterm Arm kam sie die Stufen herab, anmutig wie ein Reh. Er zögerte nicht den Bruchteil einer Sekunde; er eilte ihr entgegen, und wie er die Stufen hinaufging, die sie herabkam, begegneten sich ihre Blicke zum ersten Mal. Vor ihr angelangt, blieb er stehen und wurde rot. Überrascht sah sie, wie er rot wurde, und errötete ebenfalls. Bevor er wieder Luft holen konnte, war das kleine Reh schon vorbeigetrippelt. Als er sich wieder gefasst hatte und sich umdrehte, verschwand ihr Kleid auch schon an den Arkaden zur Rue de Seine. Er versuchte nicht, ihr nachzulaufen. Auf das Brückengeländer gestützt, sah er seine Augen im strömenden Wasser. Für die nächste Zeit hatte sein Herz neue Nahrung … (Ach, ihr lieben, törichten Jungen!)

Eine Woche später schlenderte er durch den Jardin du Luxembourg, den die Sonne sanft übergoldete. Dass in diesem düsteren Jahr der Februar so strahlend sein konnte! Er träumte mit offenen Augen, wusste nicht mehr so recht, ob er träumte, was er sah, oder sah, was er träumte, und in seinem gierigen Sehnen, das auf verworrene Weise glücklich, unglücklich, liebesselig war, trunken von Zärtlichkeit wie von Sonne, lächelte er beim Gehen, sah zerstreut um sich, und seine Lippen formten unwillkürlich Worte ohne Zusammenhang, einen Gesang. Er schaute in den Sand, und plötzlich, als hätte eine Taube ihn im Fluge gestreift, hatte er das Gefühl, es sei ein Lächeln vorübergeflogen. Er drehte sich um und sah, dass er ihr begegnet war. Genau in diesem Moment wandte sie im Weitergehen den Kopf und lachte. Da hielt es ihn nicht mehr, er lief auf sie zu, fast mit ausgestreckten Händen, in einem so jugendlich naiven Elan, dass auch sie unwillkürlich stehenblieb. Er stammelte nicht einmal eine Entschuldigung. Sie hatten auch gar keine Scheu mehr voreinander. Es war, als setzten sie einfach eine begonnene Unterhaltung fort.

»Du machst dich über mich lustig«, sagte er. »Und da hast du recht.«[4]

»Ich mache mich gar nicht lustig.« (Ihre Stimme war wie ihr Gang, lebhaft und geschmeidig.) »Du hast ganz allein so vor dich hin gelacht, und wie ich dich sah, musste ich auch lachen.«

»Wirklich? Ich hab gelacht?«

»Du lachst ja jetzt noch.«

»Jetzt weiß ich aber, warum.«

Sie fragte gar nicht nach. Zusammen gingen sie weiter. Sie waren glücklich.

»Diese herrliche Sonne heute«, sagte sie.

»Der Frühling ist da.«

»Hast du dem zugelacht, vorhin?«

»Nicht nur ihm. Vielleicht auch dir.«

»Du Lügner! Du kennst mich doch gar nicht!«

»In gewisser Weise schon. Wir haben uns schon wer weiß wie oft gesehen.«

»Dreimal, mit heute.«

»Ach, so genau weißt du das noch! Du siehst, wir sind alte Bekannte.«

»Unterhalten wir uns ein bisschen.«

»Gern. Nichts täte ich lieber. Komm, setzen wir uns einen Augenblick, ja? Es ist so schön hier am Wasser.«

Sie waren beim Galatea-Brunnen angekommen, den Bauarbeiter mit Planen abdeckten, um ihn vor Bomben zu schützen.

»Ich kann nicht, ich verpasse meine Bahn …«

Sie nannte ihm die Uhrzeit. Er rechnete ihr vor, dass sie dann noch über fünfundzwanzig Minuten hätte.

Ja, aber sie wollte sich zuvor noch etwas zu essen

kaufen, an der Ecke der Rue Racine, wo es so gute Brötchen gab. Er zog eins aus der Tasche.

»Bestimmt nicht besser als das hier. Magst du?«

Sie lachte unentschlossen. Er schob es ihr in die Hand – und behielt diese Hand in der seinen.

»Du würdest mir aber eine große Freude damit machen! Komm, setz dich hierher!«

Er führte sie zu einer Bank in der Mitte der Allee, die das Becken säumte.

»Und ich hab noch was …«

Er zog eine Tafel Schokolade aus der Tasche.

»Leckermaul! Und was sonst noch?«

»Nur… Oh, Schande! … Es ist kein mehr Papier drum.«

»Na, gib schon her. Schließlich ist Krieg.«

Er sah ihr zu, wie sie hineinbiss.

»Das ist wohl das erste Mal, dass ich denke, der Krieg ist auch zu was gut.«

»Oh, reden wir bloß nicht davon! Das ödet mich an!«

»Ja«, meinte er begeistert. »Wir wollen nie davon reden.«

Die Luft war plötzlich ein wenig leichter geworden.

»Schau mal die Spatzen, wie sie baden«, rief sie.

Sie zeigte auf die Vögel, die sich auf dem Brunnenrand putzten.

»Also hast du mich neulich Abend« – er dachte eine Weile nach –, »neulich Abend in der Metro gesehen?«

»Aber natürlich.«

»Aber du hast nie zu mir hingeschaut. Du standest die ganze Zeit zur Seite gedreht, wie jetzt.«

Er sah sie im Profil, wie sie sein Brötchen knabberte und dabei geradeaus schaute mit ihrem schelmischen Blick.

»Sieh mich doch mal an! Was guckst du denn dauernd nach da drüben?«

Sie wandte nicht den Kopf. Er nahm ihre rechte Hand; am Zeigefinger war der Handschuh aufgerissen, und die Fingerspitze sah hervor.

»Was siehst du denn da?«

»Dich, wie du meinen Handschuh betrachtest. Würdest du bitte so freundlich sein und ihn nicht noch mehr zerreißen!«

Gedankenlos hatte er die Öffnung noch ein bisschen erweitert.

»O Pardon! Aber ... wie kannst du das sehen?«

Sie antwortete nicht, aber ihrem spöttischen Profil sah er an, wie sie aus dem Augenwinkel lachte.

»Du bist ja eine ganz Schlaue!«

»Das ist doch sehr einfach, alle machen es so.«

»Ich könnte es nicht.«

»Versuch's mal! ... Jetzt schielst du!«

»Ich könnte es nie. Wenn ich was sehen will, muss ich ganz blöd geradewegs draufschauen.«

»O nein, so blöd ist das gar nicht.«

»Endlich! Jetzt sehe ich deine Augen!«

Sie sahen sich an und lachten leise.

»Wie heißt du?«

»Luce.«

»Was für ein schöner Name. So schön wie dieser Tag heute.«

»Und du?«

»Pierre … Allerweltsname.«

»Ein guter Name, er hat ehrliche, helle Augen.«

»Wie meine.«

»Zugegeben, hell sind sie.«

»Weil sie Luce anschauen.«

Sie hielten sich bei den Händen. Und ohne sich anzusehen, den Blick durch die kahlen Baumkronen zum zartblauen Himmel gerichtet, schwiegen sie. Was sie dachten, floss durch ihre Hände.

Schließlich sagte Luce:

»Neulich Abend, da hatten wir beide große Angst.«

»Ja«, erwiderte er. »Und das war gut.«

Erst ein wenig später lächelten sie darüber, dass jeder von ihnen genau das ausgedrückt hatte, was der andere dachte.

Als die Uhr schlug, zog sie ihre Hand zurück und stand eilig auf.

»Oh! Jetzt schaff ich's vielleicht gerade noch …«

Sie gingen zusammen in dem Trippelschritt, den die Pariserinnen so perfekt beherrschen, ohne dass man merkt, wie schnell sie gehen, so leicht erscheint er.

»Kommst du öfter hier vorbei?«

»Jeden Tag. Aber meist auf der anderen Seite der Terrasse.« Sie deutete auf den Garten mit den Watteau-Bäumen. »Ich komme aus dem Museum.«

Er sah auf die Mappe in ihrer Hand.

»Malerin?«, fragte er.

»Nein, das wäre ein zu großes Wort. Nur eine kleine Kleckserin.«

»Und wozu, zum Zeitvertreib?«

»Nicht doch, zum Geldverdienen.«

»Zum Geldverdienen!«

»Scheußlich, was? Kunst zu machen für Geld?«

»Es ist vor allem erstaunlich, Geld zu verdienen, wenn man gar nicht malen kann.«

»Eben darum. Ich erklär dir das ein andermal.«

»Wenn wir uns wieder hier am Brunnen treffen und zusammen einen Imbiss nehmen.«

»Mal sehen. Wenn das Wetter schön ist.«

»Aber dann kommst du früher, ja? Sag, Luce …!«

Sie waren an der Haltestelle angekommen. Sie sprang aufs Trittbrett der Tram.

»Antworte doch, sag mir, kleine Sonne …«

Sie gab keine Antwort; aber als die Bahn losfuhr, zwinkerte sie mit den Augen, und auf ihrem Mund las er, ohne dass sie sprach:

»Ja, Pierre.«

Und beide dachten, als sie auseinandergingen:

»Merkwürdig, wie fröhlich die Leute heute Abend aussehen.«

Und sie lächelten, ohne darüber nachdenken zu wollen, was geschehen war. Sie wussten nur, dass sie *es* hatten, dass sie *es* hielten und dass *es* ihnen gehörte. Was? Nichts. Sie waren reich, heute Abend! … Als sie nach Hause kamen, sah jedes sich im Spiegel an wie einen Freund, mit zärtlichen Augen. Sie sagten sich: »So bin ich angeschaut worden.« Sie gingen beide früh schlafen, von einer köstlichen Müdigkeit übermannt. Beim Ausziehen dachten sie:

»Wie gut, dass es ein Morgen gibt.«

MORGEN …! Die einmal nach uns kommen, werden sich kaum vorstellen können, was dieses Wort im vierten Kriegsjahr an stummer Verzweiflung und abgrundtiefem Überdruss hervorrief. Wie müde war man geworden! Wie oft waren alle Hoffnungen enttäuscht worden! Hunderte von Morgen waren aufeinander gefolgt, alle waren sie wie gestern und heute gewesen, alle gleichermaßen im Nichts verlaufen und im Warten, im Warten auf das Nichts. Die Zeit hatte ihre Gültigkeit verloren. Das Jahr war wie ein Styx, der das Leben mit seinen schwarzen, zähen, düster schillernden Wassern umschließt, die nicht mehr zu fließen scheinen. Morgen? Morgen war tot.

Im Herzen der beiden Kinder war *morgen* wiederauferstanden.

Der Morgen sah sie wieder am Brunnen sitzen. Und auch alle Morgen danach. Das schöne Wetter begünstigte ihre kurzen Begegnungen, die jeden Tag etwas länger wurden. Jeder brachte sein Vesperbrot mit, es machte ja Freude, es zu tauschen. Bald schon wartete Pierre am Ausgang des Museums; er wollte ihre Arbeiten sehen. Obwohl sie nicht sonderlich stolz darauf war, ließ sie sich doch nicht lange bitten. Es waren kleinformatige Kopien von berühmten Gemälden oder Ausschnitten davon, eine Gruppe, ein Gesicht, ein Brustbild. Gar nicht übel auf den ersten Blick, aber ziemlich nachlässig ausgeführt. Hier und da ein sehr treffender, schöner Pinselstrich, doch gleich daneben schülerhafte Ungenauigkeiten, die nicht nur recht elementare Unkenntnis verrieten, sondern auch eine gänzlich sorglose Unbekümmertheit um das, was andere davon halten mochten. – »Ach was! Ist doch gut genug so!« – Luce nannte die Titel der kopierten Bilder. Pierre kannte sie nur allzu gut. Er verzog das Gesicht vor Enttäuschung. Luce spürte, wie unzufrieden er war, hatte aber den Mut, ihm dennoch alles zu zeigen … Und auch das hier noch – So! –, das Allerhässlichste. Sie behielt ein mokantes Lächeln bei, das ebenso sehr ihr selbst galt wie Pierre, doch ließ sie keine Spur von Missmut erkennen. Pierre biss sich auf die Lippen, um nichts sagen zu müssen. Schließlich aber war seine Geduld erschöpft: Sie zeigte ihm die Kopie eines Raffael aus Florenz.

»Das sind aber nicht seine Farben!«, rief er.

»Das wäre ja auch erstaunlich«, meinte sie. »Ich war doch nie dort. Ich habe ein Foto als Vorlage benutzt.«

»Und sagt dir denn keiner was dazu?«

»Wer denn, die Kunden? Die haben das Original doch auch nicht gesehen ... Und selbst wenn sie es gesehen hätten, so genau schauen die nicht hin. Rot, Grün oder Blau, das merken die gar nicht. Manchmal habe ich sogar eine farbige Vorlage, aber ich ändere die Farben auch gern ... Sieh mal, das hier zum Beispiel ...« Es war ein Engel von Murillo.

»Findest du das besser?«

»Nein, aber es hat mir Spaß gemacht ... Außerdem war es leichter zu malen ... Und im Übrigen ist es mir egal. Hauptsache, es verkauft sich.«

Bei dieser letzten Großmäuligkeit ließ sie es bewenden und nahm ihm lachend die Blätter wieder weg.

»So schlimm hast du es dir nicht vorgestellt, was?«

Bekümmert sagte er:

»Aber warum, warum machst du solche Sachen?«

Sie sah sein bestürztes Gesicht und lächelte voll mütterlicher Ironie. Das liebe Bürgersöhnchen, dem es immer so leicht gemacht worden war und das nicht begreifen konnte, dass man Zugeständnisse machen musste, wenn man ...

»Warum? Sag, warum?«, wiederholte er seine Frage.

(Wie kleinlaut er war, als wäre er der Kleckser...! Der gute Junge! Sie hätte ihn am liebsten geküsst, ganz artig auf die Stirn.)

Sanft antwortete sie:

»Nun, um zu leben.«

Er war ganz ergriffen; daran hatte er nicht gedacht.

»Es ist nämlich nicht so einfach, das Leben«, fuhr sie in leicht spöttischem Ton fort. »Zunächst mal muss man essen, und zwar jeden Tag. Wenn man abends was hatte, braucht man am andern Morgen schon wieder was. Und dann muss man sich kleiden. Überall was anziehen: am Kopf, am Körper, an Händen und Füßen. Da brauchst du ganz schön was an Kleidung. Und alles kostet Geld. Für alles im Leben musst du doch zahlen.«

Zum ersten Mal bemerkte er, was seinem verliebten Blick entgangen war: ihren bescheidenen, stellenweise abgeschabten Pelz, die abgetragenen Stiefelchen, Spuren der Armut, die die natürliche Eleganz einer kleinen Pariserin vergessen lässt. Und sein Herz krampfte sich zusammen.

»Ja, könnte ich nicht … könnte ich dir nicht irgendwie helfen?«

Sie rückte ein wenig ab und errötete.

»Nein, nein«, rief sie fast ärgerlich, »kommt gar nicht in Frage … niemals. Ich brauche nichts.«

»Aber ich würde so gern …«

»Nein … Schluss, aus, darüber reden wir nicht mehr. Oder wir sind keine Freunde mehr.«

»Dann … sind wir's also?«

»Ja. Das heißt, wenn du's noch immer bist, nachdem du diese Scheußlichkeiten gesehen hast.«

»Aber gewiss doch, es ist ja nicht deine Schuld.«

»Und doch macht es dich traurig?«

»O ja.«

Sie lachte zufrieden.

»Was gibt's da zu lachen, du Böse?«

»Nein, das war nicht böse gemeint. Du verstehst nicht.«

»Warum lachst du dann?«

»Das sage ich dir nicht.«

(Und sie dachte: »Lieber, wie nett von dir, dass du traurig bist, weil ich etwas Hässliches gemacht habe!«)

Sie sagte:

»Du bist gut zu mir. Danke.«

Er sah sie erstaunt an.

»Versuch es nicht zu verstehen«, meinte sie und strich ihm über die Hand. »Komm, reden wir von was anderem.«

»Ja … nur ein Wort noch … Ich hätte dennoch gern gewusst … Sag mir bitte … aber sei nicht verletzt, wenn ich dich danach frage … Bist du im Augenblick ein wenig knapp dran?«

»Nein, nein. Ich habe das vorhin nur gesagt, weil … Manchmal gab es schon schwierige Zeiten, aber jetzt geht es uns besser. Maman hat eine Stelle gefunden, wo sie gut bezahlt wird.«

»Deine Mutter arbeitet?«

»Ja, in einer Munitionsfabrik. Da verdient sie zwölf Francs am Tag. Ein Vermögen.«

»In einer Fabrik! Einer Kriegsfabrik!«

»Ja.«

»Das ist doch grässlich!«

»Gewiss, aber man nimmt, was sich bietet!«

»Luce, aber wenn du … wenn man dir anbieten würde …?«

»Ich, na, du siehst ja, ich pinsele … Begreifst du jetzt, wie recht ich habe, wenn ich meine Bildchen male?«

»Aber wenn du arbeiten müsstest und es gäbe keine andere Möglichkeit, als in eine dieser Fabriken zu gehen, die Granaten herstellen, würdest du es dann tun?«

»Wenn ich Geld verdienen müsste, und was anderes gäbe es nicht? Aber sicher, ich würde es auf der Stelle tun!«

»Luce, denkst du auch darüber nach, was man dort herstellt?«

»Nein, darüber denke ich nicht nach.«

»Alles, was Menschen leiden und sterben lässt, was sie zerreißt, verbrennt, was Wesen wie dir oder mir Schmerz zufügt …«

Sie legte die Hand auf den Mund, zum Zeichen, dass er schweigen möge.

»Ich weiß, ich weiß das alles, aber ich will nicht daran denken.«

»Du willst nicht daran denken?«

»Nein«, sagte sie.

Und nach einem kurzen Augenblick:

»Man muss doch leben … Wenn man erst nachdenkt, lebt man nicht mehr … Und ich, ich will leben, ich will leben! Wenn man mich zwingt, um zu leben, dies oder das zu tun, soll ich mich dann um dies oder das bekümmern? Es geht mich doch nichts an, ich will es doch gar nicht. Wenn es schlecht ist, dann ist das nicht meine Schuld. Was ich will, ist nicht schlecht.«

»Was aber willst du?«

»Zunächst mal will ich leben.«

»Du liebst das Leben?«

»Aber ja doch. Ist das falsch?«

»Nein, nein, es ist so gut, dass du lebst!«

»Und du, liebst du das Leben nicht?«

»Ich habe es nicht geliebt, bis …«

»Bis?« Die Frage verlangte keine Antwort. Sie kannten sie beide.

»Du hast gesagt ›zunächst mal‹«, dachte Pierre seinen Gedanken weiter, »›Zunächst mal will ich leben‹ … Und dann, was willst du dann?«

»Das weiß ich nicht.«

»Doch, du weißt es.«

»Du bist aber sehr indiskret.«

»Ja, sehr.«

»Ich scheue mich, es dir zu sagen.«

»Sag's mir ins Ohr. Da hört es keiner.«

Sie lächelte.

»Ich möchte …«, sie zögerte, »ich möchte gern *ein kleines bisschen* Glück …«

Sie saßen dicht beieinander.

Sie fuhr fort:

»Ist das denn zu viel verlangt? Man hat mir oft gesagt, das sei egoistisch. Und ich frage mich manchmal: ›Worauf hat man ein Recht?‹ Wenn man so viel Elend, so viel Leid um sich sieht, dann traut man sich gar nicht, irgendetwas zu verlangen … Aber trotzdem schreit mein Herz: ›Doch, ich habe ein Recht, ein Recht auf ein bisschen, ein kleines bisschen Glück!‹… Sag mir ehrlich, ist das egoistisch? Findest du das schlecht?«

Unendliches Mitleid ergriff ihn. Dieser Schrei des Herzens, dieser arme kleine, naive Schrei bewegte ihn in tiefster Seele. Tränen traten ihm in die Augen. Sie saßen dicht nebeneinander auf der Bank, einer an den andern gelehnt, so dass sie die Wärme ihrer Beine spürten. Er hätte sich gern zu ihr hingedreht, sie in die Arme genommen. Er wagte es nicht, sich zu rühren, aus Angst, seiner Gefühle nicht mehr Herr zu sein. Reglos sahen sie vor sich hin. Dann sagte er sehr schnell, leise und mit bebender Stimme, fast ohne die Lippen zu bewegen:

»Du, mein Liebes! Mein Herz! Ich möchte deine kleinen Füße in meinen Händen halten, an meinem Mund, ich möchte dich auffressen, ganz und gar…«

Ohne sich zu bewegen und so schnell und leise wie er sagte sie in großer Erregung:

»Du Narr! Du Närrchen! … Still! … Ich fleh dich an …«

Ein alter Herr ging langsam an ihnen vorüber. Sie fühlten ihre Körper vor Zärtlichkeit zerfließen…

Nun war niemand mehr in der Allee. Ein zerzauster Spatz tummelte sich im Sand. Aus dem Brunnen tröpfelte klar das Wasser. Schüchtern wandten sich ihre Gesichter einander zu, und kaum hatten sich ihre Blicke getroffen, da fanden sich auch schon ihre Münder, doch ängstlich und eilig wie Vögel flogen sie gleich wieder hoch. Luce sprang auf und lief los. Auch Pierre war aufgestanden. Sie rief ihm zu: »Bleib!«

Sie wagten nicht, sich noch einmal anzusehen. Pierre murmelte:

»Luce … Das kleine bisschen … das kleine bisschen Glück … nicht wahr, jetzt haben wir's!«

Das Wetter unterbrach ihre Picknicks am Spatzenbrunnen. Nebel kam auf und verschleierte die Februarsonne. Aber die Sonne in ihren Herzen konnte er nicht trüben. Ach, mochte das Wetter sein, wie es wollte: kalt, warm, Regen, Wind, Schnee oder Sonne! Es würde immer gut sein. Ja, sogar besser noch. Denn wenn das Glück jeden Tag nur größer wird, dann ist der schönste Tag immer heute.

Der Nebel war ihnen schließlich ein willkommener Vorwand, sich für einen Teil des Tages gar nicht mehr zu trennen. Da sah man sie auch nicht so leicht. Morgens wartete er auf sie an der Haltestelle der Tram, und dann begleitete er sie auf ihren Wegen durch Paris. Er hatte seinen Mantelkragen hochgeschlagen. Sie trug eine Pelzkappe, eine Boa, die sie fröstelnd bis zum Kinn hoch schlang, und einen straff gebundenen Gesichtsschleier, unter dem ihre vorspringenden Lippen ein kleines Rund bildeten. Aber der beste Schleier war das feuchte Netz des schützenden Nebels. Er war wie feine Asche, dicht und grau, mit gelben Phosphoreszenzen darin. Man sah keine zehn Schritte weit. Und wenn man durch die alten, quer zum Quai verlaufenden Straßen zur Seine hinunterging, wurde er noch dichter. Nebel, du Freund, darin der Traum sich zwischen kalten Laken streckt und vor Wonne erschauert! Sie waren wie die Mandel in der Fruchthülle, wie die Flamme in der Laterne. Pierre hielt Luces linken Arm fest umfasst; beide von ähnlicher Statur, sie ein wenig größer, liefen sie im gleichen Schritt und plauderten halblaut, die Gesichter ganz nah beieinander. Wie gern hätte er das feuchte kleine Rund unter dem Schleier geküsst.

Sie ging zu dem Händler für »Kopien alter Meister«, um ihre von ihm bestellten »Kleckserein« zu verkaufen. Sie hatten es nie sehr eilig, anzukommen, und nahmen ganz unabsichtlich (so behaupteten sie zumindest) immer den längsten Weg und gaben die Schuld an ihrem Irrtum dem Nebel. Kamen sie schließlich ans Ziel, trotz aller Bemühungen, es noch zu umgehen, blieb Pierre abseits stehen. Sie ging in den Laden, er wartete an der Ecke. Er wartete lange, und es war ihm nicht warm. Aber es tat gut, zu warten, auch zu frieren, sogar sich zu langweilen – es war ja für sie. Schließlich trat sie wieder heraus und kam lächelnd angelaufen, zärtlich besorgt, ob er auch nicht erfroren wäre. Er sah es ihren Augen an, wenn sie Erfolg gehabt hatte, und er freute sich daran, als hätte er selbst das Geld verdient. Meistens allerdings kam sie mit leeren Händen zurück; sie musste dann zwei, drei Tage nacheinander hingehen, um bezahlt zu werden. Und sie hatte noch Glück, wenn man ihr den Auftrag nicht kaltschnäuzig zurückgab!

Heute zum Beispiel hatte man ihr eine Szene gemacht wegen einer Miniatur nach dem Foto eines Verstorbenen, den sie nie gesehen hatte. Die Familie entrüstete sich, sie habe die Farbe der Augen und der Haare nicht genau getroffen. So musste sie das Ganze noch einmal machen. Da sie jedoch dazu neigte, eher die komische Seite ihrer Misserfolge zu sehen, lachte sie tapfer darüber. Aber Pierre lachte nicht. Er war wütend.

»Idioten! Vollidioten!«

Als Luce ihm die Fotos zeigte, die sie in Farbe kopieren sollte, schäumte er vor Verachtung – (Ach, wie sie sich amüsierte über seine komische Wut!) – für diese dämlichen, feierlich grinsenden Hohlköpfe. Dass Luces liebe Augen so etwas ansehen, ihre Hände ein Abbild dieser Spießer zeichnen mussten, erschien ihm wie eine Profanation. Nein, es war empörend! Da war das Kopieren von Museumswerken noch das kleinere Übel. Doch damit war kaum mehr zu rechnen. Die letzten Museen schlossen, kein Käufer interessierte sich mehr dafür. Es war nicht mehr die Zeit der Marien- und Engelsbilder, es war die Zeit der Frontsoldaten. Jede Familie hatte einen unter ihnen, tot oder noch am Leben, meistens schon tot, und wollte seine Züge verewigt sehen. Die wohlhabenderen Auftraggeber in Farbe. Die Arbeit wurde recht gut bezahlt, aber sie wurde auch immer seltener; man durfte nicht wählerisch sein. Und in Ermangelung solcher Aufträge blieb für den Augenblick nur die Vergrößerung von Fotos zu einem lächerlich geringen Preis.

Darüber wurde Luce klar, dass sie eigentlich keinen Grund mehr hatte, sich lange in der Stadt aufzuhalten. Das Kopieren in den Museen entfiel, sie brauchte nur noch alle zwei, drei Tage die Aufträge beim Händler abzuholen oder wieder zurückzubringen; die Arbeit konnte sie zu Hause verrichten. Das aber kam den beiden gar nicht zupass. Sie wanderten weiter durch die Straßen und konnten sich nicht entschließen, den Weg zur Haltestelle zu nehmen.

Wenn sie müde waren und der eisige Nebel sie vollkommen durchdrungen hatte, gingen sie in eine Kirche. Dort saßen sie dann ganz brav in der Ecke einer Seitenkapelle, sprachen flüsternd über die banalen kleinen Dinge ihres Lebens und betrachteten dabei die Glasfenster. Von Zeit zu Zeit trat Stille ein, und ihre Seele, nun befreit von den Worten (wobei es gar nicht so sehr der Inhalt der Worte war, der sie interessierte, sondern deren Lebenshauch, wie die flüchtigen Berührungen bebender Fühler) – ihre Seele führte ein anderes, ernsteres und tieferes Zwiegespräch. Die Visionen der Glasfenster, die Schatten der Pfeiler, der Rhythmus der Psalmengesänge mischten sich in ihr Sinnen, ließen alles Traurige des Lebens, das sie vergessen wollten, und das tröstliche Sehnen nach dem Unendlichen ineinanderfließen. Obwohl es fast elf Uhr war, erfüllte Dämmerung das Kirchenschiff, mattgelb wie das Öl eines Messkännchens. Von hoch oben, weit entfernt, kam ein seltsames Leuchten, der dunkle Purpur eines Kirchenfensters, ein roter Fleck auf violettem Grund, undeutliche Gesichter in ihren schwarzen Bleifassungen. Auf der hohen, nachtdunklen Wand nahm sich dieses blutige Licht wie eine Verletzung aus.

Plötzlich fragte Luce:

»Musst du auch hin?«

Er verstand sofort, denn während ihres Schweigens war sein Sinnen in dieselbe düstere Richtung gegangen.

»Ja«, sagte er. »Davon sollten wir aber nicht reden.«

»Nur eins sag mir: wann?«

»In sechs Monaten.«

Sie seufzte.

Er sagte:

»Wir dürfen nicht mehr daran denken. Wozu wäre das nütze?«

Sie sagte:

»Ja, wozu?«

Sie atmeten tief ein, um den Gedanken zu verscheuchen. Dann zwangen sie sich beide mutig (oder müsste man eher sagen: aus Angst? Soll doch entscheiden, wer kann, wo der wahre Mut ist!), von etwas anderem zu reden. Von den Kerzen, die im Dunsthauch wie Sterne flimmerten. Von der Orgel, die präludierte. Vom Küster, der vorbeischlurfte. Von ihrer Handtasche, dieser Wundertüte, in der Pierres Finger etwas indiskret herumtasteten. Leidenschaftlich amüsierten sie sich über Nichtigkeiten. Und keiner von beiden dachte auch nur im Geringsten daran, dem Schicksal zu entfliehen, das sie auseinanderreißen würde. Dem Kriege trotzen, sich dem Strom eines ganzen Volkes entgegenstemmen? Ebenso gut hätte man die Kirche versetzen können, die ihren schützenden Panzer über sie wölbte! Das einzige Mittel dagegen war: nicht daran zu denken, zu vergessen bis zur letzten Minute, in der stillen Hoffnung, dass diese letzte Minute nie kommen würde. Und bis dahin – glücklich zu sein.

Beim Hinausgehen zog sie ihn, nun wieder plaudernd, am Arm, um einen Blick in ein Schaufenster zu werfen, an dem sie vorbeigekommen waren. Ein Schuhgeschäft. Er sah, wie ihr Blick zärtlich an einem Paar feiner, hoher Schnürstiefelchen aus Leder hängenblieb.

»Hübsch!«, meinte er.

Und sie:

»Einfach süß!«

Beide lachten sie über den Ausdruck.

»Ob die nicht zu groß sind?«

»Nein, genau die richtige Größe.«

»Warum kaufen wir sie dann nicht?«

Sie drückte seinen Arm und zog ihn vorwärts, um sich von dem Anblick loszureißen.

»Reich müsste man sein.«

Sie trällerte die Melodie eines Kinderliedes: *Dansons la capucine*, und endete mit *Mais ce n'est pas pour nous... Es ist nicht für uns ...*

»Warum eigentlich nicht? Aschenputtel hat doch auch ihren goldenen Schuh bekommen.«

»Ja, damals gab's noch gute Feen.«

»Aber auch heute gibt's noch Verliebte.«

Diesmal trällerte sie: *»Non, non, nenni, mon petit ami ...«*

»Warum denn nicht, wo wir doch Freunde sind?«

»Eben deswegen.«

»Deswegen?«

»Ja, von einem Freund darf man so was nicht annehmen.«

»Dann also von einem Feind?«

»Eher von einem Fremden, meinem Händler zum Beispiel, wenn er mir einen Vorschuss geben würde, der Geizkragen!«

»Aber Luce, ich darf doch wohl, wenn ich's gern möchte, ein Bild bei dir bestellen!«

»Du, ein Bild bei mir? Ach, Lieber, was willst du damit wohl anfangen? Es war schon viel von dir, dass du dir die Dinger angeschaut hast. Ich weiß ja, wie dilettantisch sie sind. Du würdest keine Freude daran haben.«

»Du irrst dich! Da waren einige sehr hübsche darunter. Und schließlich, wenn sie mein Geschmack sind?«

»Dann hat dein Geschmack sich aber sehr geändert, seit gestern.«

»Und ist das nicht erlaubt?«

»Nicht, wenn man Freund miteinander ist.«

»Luce, mal ein Porträt von mir!«

»Du lieber Himmel, jetzt auch noch sein Porträt!«

»Du, ich meine es ernst. So viel wie diese Idioten hier bin ich doch allemal wert.«

Sie drückte heftig seinen Arm und sagte in einer spontanen Regung:

»Liebster, du!«

»Was hast du gesagt?«

»Nichts hab ich gesagt!«

»Ich hab's aber gehört.«

»Dann behalt's für dich!«

»Nein, ich behalt's nicht. Ich geb's dir doppelt zurück. Liebste … meine Liebste, du … Du malst ein Porträt von mir? Abgemacht?«

»Hast du ein Foto von dir?«

»Nein, habe ich nicht.«

»Wie soll ich's dann also machen? Ich kann dich doch nicht auf der Straße malen.«

»Du hast mir gesagt, du seist fast jeden Tag allein zu Haus.«

»Ja, an den Tagen, wo Maman in der Fabrik ist … Aber ich trau mich nicht …«

»Hast du Angst, dass man uns sieht?«

»Nein, nicht deswegen. Wir haben gar keine Nachbarn.«

»Wovor hast du dann Angst?«

Sie antwortete nicht.

Sie waren an der Haltestelle der Straßenbahn angekommen. Zwar standen um sie herum noch andere Leute und warteten, doch wurden sie kaum wahrgenommen, der Nebel schloss das Pärchen weiter ein.

Sie wich seinen Augen aus. Er nahm ihre beiden Hände und sagte zärtlich:

»Liebste, hab keine Angst …«

Sie hob den Blick, und sie sahen einander an. Beider Augen waren so verlässlich!

»Ich vertrau dir«, sagte sie.

Und schloss die Augen. Sie fühlte, dass sie für ihn unantastbar war.

Sie ließen sich los. Die Straßenbahn musste jeden Augenblick abfahren.

»Wann?«, fragte Pierre.

»Mittwoch«, antwortete sie. »Komm gegen zwei Uhr.«

Im Augenblick des Abschieds hatte sie ihr schelmisches Lächeln zurückgewonnen; sie sagte ihm ins Ohr:

»Und du bringst mir trotzdem ein Foto von dir mit. Ich kann ohne Foto nicht gut malen … Doch, doch, ich weiß, dass du eins hast, du Schwindler!«

Jenseits von Malakoff, im Süden der Stadt. Zahnlückige Straßen, unterbrochen von unbebautem Gelände, die sich in eine zweifelhafte Landschaft verlieren, wo zwischen Bretterzäunen die Hütten von Lumpensammlern hochwachsen. Grauer Himmel lagert trüb in seiner ganzen Länge über einer farblosen Erde, von deren mageren Flanken Dunst aufsteigt. Nasskalt die Luft. Das Haus ist leicht zu finden: Es stehen nur drei auf dieser Straßenseite. Das letzte davon, es hat kein Gegenüber. Ein einstöckiger Bau mit einem kleinen Hof, den ein Lattenzaun umgibt, zwei oder drei kümmerliche Büsche, ein Eckchen Gemüsegarten unterm Schnee.

Pierre ist nicht zu hören, als er das Grundstück betritt, der Schnee dämpft seine Schritte. Aber die Vorhänge im Erdgeschoss bewegen sich; und wie er an die Tür kommt, geht sie auf, und Luce steht auf der Schwelle. Im Halbdunkel des Flurs begrüßen sie einander mit belegter Stimme, und sie führt ihn in den ersten Raum, der als Esszimmer dient. Dort arbeitet sie auch; am Fenster hat sie die Staffelei aufgestellt. Zunächst weiß keiner so recht, was er sagen soll. Zu viel haben sie an dieses Treffen gedacht. Die vorbereiteten Sätze bleiben ihnen in der Kehle stecken, und sie reden auch nur halblaut, obwohl niemand im Haus ist. Eben deswegen. Mit steifen Armen sitzen sie da, ein paar Schritte voneinander entfernt; er hat noch nicht einmal seinen Mantelkragen heruntergeschlagen. Sie reden über die Kälte und die Fahrzeiten der Straßenbahn. Und sind unglücklich, weil sie sich so dumm vorkommen.

Schließlich fasst Luce sich ein Herz und fragt ihn, ob er die Fotos mitgebracht habe; und kaum hat er sie aus der Tasche gezogen, da beleben sich beide. Diese Bilder sind Vermittler, über die hinweg man reden kann; man ist nicht mehr völlig allein, da sind Augen, die einen anschauen, und sie haben nichts Verwirrendes. Pierre hatte den guten Gedanken (ganz ohne Arglist), alle seine Fotos mitzubringen, seit er drei Jahre alt war. Auf einem davon hat er ein Röckchen an. Luce lacht vor Vergnügen; sie redet in zärtlichen und drolligen Worten mit dem Foto. Gibt es etwas Süßeres für eine Frau als ein Bildnis des Mannes, den sie liebt, als er noch ein Kind war? Sie wiegt ihn in Gedanken, sie gibt ihm die Brust, ja, fast träumt sie, dass sie ihn unter dem Herzen getragen hat! Und außerdem (das weiß sie sehr wohl) ist es ein bequemer Vorwand, um dem Kleinen zu sagen, was man dem Großen nicht sagen kann. Als er sie fragt, welches der Bilder sie am liebsten mag, sagt sie, ohne zu zögern:

»Den lieben kleinen Mann da.«

Wie ernst er schon blickt! Fast ernster noch als heute. Freilich, wenn Luce hinzuschauen wagte (und sie wagt es), um den Pierre von heute mit diesem Foto zu vergleichen, dann sähe sie in seinen Augen einen Ausdruck von Hingabe und kindlicher Freude, den das Kind nicht hat. Denn die Augen des Kindes, dieses behüteten Bürgersöhnchens, sind Augen im Käfig, denen das Licht mangelt. Und jetzt ist das Licht da, stimmt's, Luce?

Er bittet sie nun seinerseits, ihre Fotos sehen zu dürfen. Sie zeigt ihm ein Mädchen von sechs Jahren mit einem dicken Zopf, das einen kleinen Hund auf den Armen trägt. Und wie sie sich so wiedersieht, denkt sie belustigt, dass sie damals nicht weniger liebte, und gar nicht so anders als heute; alles, was sie an Wärme im Herzen fühlte, gab sie damals ihrem Pierre, ihrem Hündchen, in Erwartung des anderen Pierre. Sie zeigt ihm auch ein junges Mädchen von dreizehn, vierzehn Jahren, das mit kokettter Miene und ein wenig geziert den Hals verdreht. Zum Glück hat sie immer ein verschmitztes kleines Lächeln um den Mund, das zu sagen scheint:

»Wisst ihr, ich amüsiere mich nur; ich nehme mich nicht so ernst.«

Alle Verlegenheit war jetzt vergessen.

Sie begann das Porträt zu skizzieren. Und da er sich von da an nicht mehr rühren und kaum noch die Lippen bewegen durfte, bestritt sie die Unterhaltung fast allein. Instinktiv hatte sie Angst vor der Stille. Und wie es offenherzigen Wesen widerfährt, die einige Zeit reden, vertraute sie ihm bald intimere Dinge aus ihrem Leben und dem ihrer Familie an, die sie eigentlich gar nicht erzählen wollte. Verwundert hörte sie sich reden; aber sie bekam den Fuß nicht mehr auf den Boden: Und Pierres Schweigen war wie ein Gefälle, über das der Strom hinabfloss.

Sie berichtete von ihrer Kindheit in der Provinz. Sie kam aus der Touraine. Ihre Mutter, die aus einer wohlhabenden, gutbürgerlichen Familie stammte, hatte sich in einen Grundschullehrer verliebt, Sohn eines Pächters. Die bürgerliche Familie widersetzte sich der Heirat, doch die beiden Liebenden blieben hartnäckig; das Mädchen hatte bis zur Volljährigkeit gewartet, um das Aufgebot zu bestellen. Seit der Eheschließung wollte ihre Familie nichts mehr von ihr wissen. Das junge Paar durchlebte Jahre in großer Zuneigung und Armut. Der Mann rackerte sich ab, bis er krank wurde. Da übernahm seine Frau tapfer auch noch diese Belastung und arbeitete für zwei. Ihre Eltern, die in ihrem verletzten Stolz beharrten, weigerten sich, irgendetwas für sie zu tun. Wenige Monate vor Kriegsbeginn war der Kranke gestorben. Und die beiden Frauen hatten auch nicht versucht, die Beziehungen zur Familie der Mutter wieder anzuknüpfen. Die hätte das Mädchen wohl aufgenommen, wenn sie den ersten Schritt getan hätte, der wie ein *mea culpa* für das Verhalten der Mutter gewertet worden wäre. Aber da konnte die Familie lange warten! Lieber würden sie Steine essen, und mit Lust!

Pierre war befremdet von der Herzenskälte dieser bürgerlichen Eltern. Luce fand sie nicht ungewöhnlich.

»Glaubst du nicht, dass es viele Leute gibt wie sie? Sie sind ja gar nicht mal boshaft. Nein, ich bin sicher, das sind meine Großeltern nicht; und es hat sie bestimmt geschmerzt, nicht einfach zu sagen: ›Kommt zu uns zurück!‹ Aber sie waren in ihrer Eigenliebe zu sehr verletzt! Und diese Eigenliebe ist das Größte für diese Leute, das Einzige von Bedeutung. Es ist stärker als alles andere. Wenn man ihnen etwas angetan hat, dann geht es nicht nur um dieses Unrecht, das man ihnen getan hat, sondern um *das Unrecht* schlechthin: Die anderen haben unrecht, und sie, sie sind im Recht. Und ohne dass sie eigentlich schlecht wären (nein, das sind sie wirklich nicht), würden sie dich ganz in ihrer Nähe eher umkommen lassen als zugeben, dass sie sich geirrt haben. Oh, da sind sie nicht die Einzigen: Man hat noch ganz andere erlebt! Sag, täusche ich mich? Sind sie nicht so?«

Pierre war ergriffen, und er dachte:

»Genau, so sind sie.«

Durch die Augen des Mädchens sah er mit einem Mal die Herzensarmut, die Dürre in den Seelen dieser bürgerlichen Klasse, der er angehörte. Ausgetrocknete, verbrauchte Erde, die nach und nach allen Lebenssaft aufgesogen hat und ihn nicht mehr erneuert, wie jene Gegenden in Asien, wo feuchtigkeitsspendende Flüsse Tropfen für Tropfen im glasigen Sand versickert sind. Diese Leute lieben selbst die, die sie zu lieben glauben, nur als Besitzende; sie opfern sie ihrem Egoismus, ihrem bornierten Stolz, ihrem Starrsinn. Pierres Gedanken schweiften bekümmert zu seinen Eltern ab, bevor er zu sich selbst zurückkehrte. Er schwieg. Die Fensterscheiben im Raum erzitterten von fernem Geschützdonner. Er musste an die Menschen denken, die in diesem Augenblick ihr Leben ließen, und sagte voller Bitterkeit:

»Und auch das ist ihr Werk.«

Ja, das heisere Gebell der Kanonen dort, der weltweite Krieg, die große Katastrophe – daran hatten die Herzensdürre und Unmenschlichkeit dieser eitlen, bornierten Bourgeoisie ihr gerüttelt Maß an Schuld. Aber jetzt (und das war nur gerecht) würde das entfesselte Monster nicht mehr zum Stillstand kommen, bevor es sie nicht auch verschlungen hätte.

»Und das geschieht ihnen recht«, sagte Luce.

Denn ohne es zu ahnen, war sie Pierre in seinen Gedanken gefolgt. Bei dem Echo zuckte Pierre zusammen.

»Ja, es geschieht ihnen recht«, sagte er, »alles, was da jetzt kommen mag. Diese Welt war überaltert. Sie musste, sie muss sterben.«

Luce senkte den Kopf in trauriger Resignation.

»Ja.«

Ernste Kindergesichter, vom Schicksal gebeugt, auf deren von Sorge zerfurchter junger Stirn solche trostlosen Gedanken standen!

Dunkel senkte sich ins Zimmer. Es war nicht sehr warm. Luce hatte klamme Finger und hörte mit ihrer Arbeit auf, die Pierre nicht sehen durfte. Sie gingen ans Fenster und sahen den Abend über den tristen Feldern und den bewaldeten Hügeln heraufsteigen. Die violett sich färbenden Wälder bildeten einen Halbkreis vor dem grünlichen, mit mattgoldenem Staub überpuderten Himmel. Ein Hauch von Puvis de Chavannes schwebte über allem. Ein schlichtes Wort von Luce zeigte, dass sie diese geheime Harmonie zu lesen verstand. Er wunderte sich fast darüber, was sie keineswegs kränkte. Man könne sehr wohl fühlen, meinte sie, was man nicht imstande sei auszudrücken. Und wenn sie so schlecht male, so liege das nicht nur an ihr. Aus falsch verstandener Sparsamkeit habe sie ihre Ausbildung an der Kunstgewerbeschule abgebrochen. Im Übrigen sei sie auch nur durch ihre Armut aufs Malen gekommen. Warum sonst sollte man malen, ohne das Bedürfnis danach zu verspüren? Ob Pierre nicht auch finde, dass fast alle, die Kunst machten, dies ohne wahre Notwendigkeit täten, aus Eitelkeit oder zum Zeitvertreib oder weil sie zunächst glaubten, es sei ihnen ein Bedürfnis, und später nicht mehr zugeben wollten, dass sie sich getäuscht hatten? Man solle doch nur dann Künstler werden, wenn man das, was man fühle, absolut nicht mehr für sich behalten könne, wenn man zu viel davon habe. Sie aber, meinte Luce, habe gerade genug davon für einen .... Nein, für zwei, fügte sie rasch hinzu, als er schmollend den Mund verzog.

Die schönen Goldtöne des Himmels gingen in Braun über. Die öde Ebene bedeckte sich mit einer trostlosen Maske. Pierre fragte Luce, ob sie keine Angst habe in dieser Einsamkeit.

»Nein.«

»Und wenn du spät heimkommst?«

»Da ist keine Gefahr. Bis hierher kommen die

Apachen[5] nicht. Die haben ihre Gewohnheiten. Es sind ja auch Bürger. Und dann haben wir hier einen alten Lumpensammler mit seinem Hund. Außerdem – ich habe keine Angst! Oh, ich bilde mir nichts darauf ein. Es ist überhaupt kein Verdienst. Ich bin auch nicht mutig. Ich habe nur noch nie Gelegenheit gehabt, wirklicher Angst zu begegnen. Wenn das mal passiert, bin ich vielleicht ein größerer Feigling als andere. Weiß man denn, was man ist?«

»Ich, ich weiß, was du bist«, sagte Pierre.

»Ja, das ist auch viel leichter. Ich weiß es auch … bei dir. Beim andern weiß man's immer besser.«

Die feuchte Abendkälte drang durch die geschlossenen Fenster. Pierre fröstelte. Luce sah es an seinem Nacken und machte ihm auf ihrer Spirituslampe schnell eine Tasse Schokolade heiß. Sie aßen eine Kleinigkeit. Luce, ganz mütterlich, legte Pierre ihren Schal um die Schultern, und er ließ es mit sich geschehen wie eine Katze, die die Wärme des Stoffs genießt. Beider Gedanken kehrten zu der Geschichte zurück, die Luce unterbrochen hatte.

»Wenn ihr beiden«, sagte Pierre, »deine Mutter und du, so allein hier lebt, müsst ihr euch doch sehr eng verbunden fühlen?«

»Ja«, sagte Luce, »wir waren einmal sehr verbunden.«

»Ihr wart …?«

»Oh, wir mögen uns immer noch«, sagte Luce ein wenig verlegen wegen des Wortes, das ihr aus Versehen entschlüpft war. (Warum nur sagte sie ihm immer mehr, als sie eigentlich sagen wollte? Dabei fragte er sie doch gar nicht danach, er traute sich ja nicht. Aber sie spürte, wie sein Herz sie fragte. Und es tat gut, sich mitzuteilen, wenn man es nie gekonnt hatte! Die Stille im Haus, das Halbdunkel im Zimmer ließen sie leichter aus sich herausgehen.) Sie sagte:

»Man versteht gar nicht, was in diesen vier Jahren vor sich gegangen ist. Alle sind so anders.«

»Meinst du, dass deine Mutter sich verändert hat, oder du selber?«

»Alle Leute«, wiederholte Luce.

»Worin?«

»Ich kann es nicht sagen. Man spürt einfach, dass überall unter Menschen, die sich kennen, selbst in der Familie, die Beziehungen nicht mehr dieselben sind. Man kann sich auf nichts mehr verlassen. Man fragt sich morgens: ›Was werde ich wohl heute Abend sehen? Ob ich es noch wiedererkenne?‹ Man fühlt sich wie auf einer Planke im Wasser, kurz bevor sie umschlägt.«

»Was ist denn geschehen?«

»Ich weiß nicht«, erwiderte Luce. »Ich kann's nicht erklären. Aber seit dem Krieg ist es so. Etwas liegt in der Luft. Alle Welt ist verwirrt. In den Familien gehen die, die vorher gar nicht ohneeinander leben konnten, plötzlich getrennte Wege. Und alle laufen sie wie benommen herum, mit der Nase am Boden.«

»Aber wohin denn?«

»Ich weiß nicht. Und sie, glaube ich, auch nicht. Wo der Zufall oder das Verlangen sie hintreiben. Die Frauen nehmen sich Liebhaber. Die Männer vergessen ihre Frauen. Ganz brave Leute, die immer einen ruhigen, soliden Eindruck machten! Überall hört man von zerrütteten Ehen. Gleiches geschieht zwischen Eltern und Kindern. Meine Mutter …«

Sie hielt inne, bevor sie fortfuhr:

»Meine Mutter lebt ihr eigenes Leben.«

Wieder hielt sie inne.

»Ach, eigentlich ist es ja ganz natürlich! Sie ist halt noch jung, meine arme Mama, und sie hat nicht viel Glück gekannt. Sie hat ihren Vorrat an Zuneigung noch nicht aufgebraucht. Es ist ihr gutes Recht, sich ein neues Leben aufzubauen.«

»Will sie sich wieder verheiraten?«

Luce schüttelte den Kopf. Man wisse nicht recht … Pierre wagte nicht zu insistieren.

»Sie mag mich noch immer sehr. Aber es ist nicht mehr wie früher. Sie braucht mich jetzt nicht mehr … Arme Mama! Sie wäre ganz zerknirscht, wenn sie hörte, dass ihre Liebe zu mir nicht mehr den ersten Platz in ihrem Herzen einnimmt. Sie würde es nie zugeben … Wie seltsam das Leben doch ist!«

Ein sanftes Lächeln glitt über ihr Gesicht, traurig und verschmitzt zugleich. Pierre legte zärtlich seine Hand auf ihre beiden Hände, die auf dem Tisch ruhten, und verharrte reglos.

»Wir sind schon arme Geschöpfe«, sagte er.

Darauf Luce, nach einer Weile:

»Schau aber, wie ruhig wir sind! … Die anderen sind wie im Fieber. Der Krieg. Die Fabriken. Alles rennt und hastet. Arbeiten, leben, genießen …«

»Ja«, sagte Pierre, »die Zeit ist kurz.«

»Ein Grund mehr, nicht zu rennen«, sagte Luce. »Man ist zu schnell am Ende. Lass uns langsam gehen.«

»Aber es ist die Zeit, die so rennt«, sagte Pierre. »Halten wir sie fest.«

»Ich halte sie ja, ich halte sie«, sagte Luce und umschloss seine Hand.

So redeten sie miteinander mal zärtlich, mal ernst, wie gute alte Freunde. Aber sie achteten sehr darauf, dass der Tisch immer zwischen ihnen blieb.

Schließlich merkten sie, dass es Nacht geworden war. Pierre sprang auf. Luce tat nichts, um ihn aufzuhalten. Die kurze Zeit war vorüber. Sie hatten Angst vor der kommenden. Sie sagten sich Auf

Wiedersehen mit derselben Steifheit, derselben leisen, verhaltenen Stimme, mit der sie sich auch begrüßt hatten. Auf der Schwelle wagten ihre Hände sich kaum zu berühren.

Aber als die Tür sich geschlossen hatte und er durch das Gärtchen hinausging, wandte er den Kopf zu dem Fenster im Erdgeschoss und sah in einem letzten kupferfarbenen Widerschein der Abendröte auf der Fensterscheibe die Umrisse von Luce, wie sie ihm, sich sicher wähnend im Schutz der Dunkelheit, mit leidenschaftlichem Ausdruck nachsah. Da lief er zum Fenster zurück und drückte seinen Mund gegen die Scheibe. Ihre Lippen küssten sich durch die gläserne Wand. Dann wich Luce ins Dunkel des Zimmers zurück, und die Gardine fiel darüber.

Seit zwei Wochen wussten sie nichts mehr von dem, was in der Welt geschah. Mochten sie in Paris auf Teufel komm raus verhaften und verurteilen; mochte Deutschland Verträge schließen und wieder brechen; mochten die Regierungen lügen, die Presse schmähen und die Armeen töten. Sie lasen keine Zeitungen. Sie wussten, überall rings um sie her war der Krieg, so wie der Typhus wütete und die Grippe. Aber es berührte sie nicht, sie wollten nicht daran denken.

Diese Nacht brachte er sich ihnen in Erinnerung. Sie waren beide früh schlafen gegangen (sie verausgabten sich in ihrem Herzen so sehr in diesen Tagen, dass sie abends ganz erschöpft waren). Sie hörten den Alarm, er in seinem Viertel, sie in dem ihren, aber sie weigerten sich aufzustehen. Sie steckten den Kopf unter die Kissen wie Kinder beim Gewitter – nicht aus Angst (sie waren sicher, dass ihnen nichts zustoßen konnte!), sondern um zu träumen. Luce in der Dunkelheit dachte, während sie die Luft dröhnen hörte:

»Wie gut wäre es, in seinen Armen auf das Ende des Gewitters zu warten!«

Pierre hielt sich die Ohren zu. Nichts sollte seine Gedanken stören! Unablässig suchte er auf der Klaviatur der Erinnerung den Gesang dieses Tages wiederzufinden, den melodischen Verlauf der Stunden von der ersten Minute an, da er bei Luce ins Haus getreten war, die kleinsten Nuancen ihrer Stimme und ihrer Bewegungen, die aufeinanderfolgenden Bilder, wie sein Blick sie eilig erhascht hatte – ein Schatten auf ihren Augenlidern, eine leise Erregung, die über ihre Haut lief wie ein Kräuseln übers Wasser, ein Lächeln, das ihre Lippen streifte wie ein Lichtstrahl, und seine Hand, wie sie weich in ihren ausgestreckten Händen ruhte –, kostbare Fragmente, die die magische Phantasie der Liebe zu einer einzigen Umarmung zusammenzusetzen suchte. Den Geräuschen von außen gestattete er keinen Zutritt. Das Draußen war ein ungebetener Gast … Der Krieg? Ich weiß, ich weiß. Er ist da? Soll er warten! Und der Krieg wartete geduldig vor der Tür. Er wusste, seine Stunde würde kommen. Pierre wusste es auch, darum schämte er sich nicht für seinen Egoismus. Die Todeswoge würde ihn noch früh genug erfassen, im Voraus war er ihr nichts schuldig. Nichts! Sollte der Tod nach Ablauf der Frist wiederkommen. Bis dahin sollte er Ruhe geben. Ach, wenigstens bis dahin wollte er nichts von dieser wunderbaren Zeit verlieren; jede Sekunde war ein Körnchen Gold, und er war der Geizige, der sich seinen Schatz durch die Finger gleiten lässt: Das gehört mir, das ist alles meins! Rührt nicht an meinen Frieden, an meine Liebe! Sie gehören mir bis zu dem Augenblick ... Und wenn er dann kommt, dieser Augenblick? – Vielleicht kommt er gar nicht! Ein Wunder? ... Warum eigentlich nicht?

Vorerst floss der Strom der Stunden und der Tage weiter. Bei jeder Biegung kam das Grollen der Stromschnellen näher. Pierre und Luce, ausgestreckt in ihrer Barke liegend, hörten es. Aber Angst hatten sie nicht mehr. Selbst diese gewaltige Stimme, dröhnend wie ein Orgelbass, wiegte ihren Liebestraum. Wenn der Abgrund käme, würden sie die Augen schließen und sich eng aneinanderschmiegen, und alles wäre mit einem Schlag vorbei. Der Abgrund ersparte ihnen den Schmerz, an das Leben zu denken, das danach käme – hätte kommen können, an eine Zukunft ohne alle Aussicht. Denn Luce ahnte die Hindernisse, die sich Pierre entgegenstellen würden, wenn er sie heiraten wollte; und Pierre fürchtete sie ebenso, wenn auch weniger klar (da Klarheit nicht seine Stärke war). Wozu denn so weit vorausschauen! Das Leben nach dem Abgrund, das war wie jenes »andere Leben«, von dem die Kirche spricht.

Es heißt, dass man sich dort wiedersieht; aber sicher ist man sich dessen nicht. Nur eines ist sicher: die Gegenwart. Dahinein wollen wir mit vollen Händen unseren Anteil Ewigkeit schütten!

Noch weniger als Pierre informierte sich Luce über die jüngsten Ereignisse. Der Krieg interessierte sie nicht. Er war nur eine Misere mehr unter all den Miseren, aus denen das Leben der Gesellschaft gewebt war. Wundern konnte sich darüber nur, wer vor der nackten Wirklichkeit geschützt war. Und das früh erfahrene junge Mädchen, das den Kampf ums tägliche Brot kannte – *panem quotidianum* (Gott gibt es nicht umsonst!) –, öffnete ihrem bürgerlichen Freund die Augen für den mörderischen Krieg, der für die Armen, und insbesondere die Frauen, heimtückisch und unaufhörlich unter der Lüge vom Frieden herrschte. Allerdings sagte sie auch darüber nicht zu viel, aus Angst, ihn zu betrüben: und als sie sah, wie betroffen ihn ihre Erzählungen machten, überkam sie ein zärtliches Gefühl von Überlegenheit. Wie die meisten Frauen empfand sie für bestimmte hässliche Seiten des Lebens nicht denselben physischen und moralischen Widerwillen wie ein junger Mann. Sie hatte nichts von einer Rebellin. Sie hätte auch unter noch schlimmeren Umständen, ohne sich zu ekeln, widerwärtige Tätigkeiten annehmen können und wäre ruhig und sauber daraus hervorgegangen, ohne sich befleckt zu fühlen. Das konnte sie nun nicht mehr, denn seit sie Pierre kannte, hatte ihre Liebe zu ihm sie manche seiner Neigungen und Abneigungen übernehmen lassen. Ihre ursprüngliche Art war das nicht. Von Natur aus war sie ein ausgewogener, fröhlicher Mensch und überhaupt nicht pessimistisch. Melancholie, das vornehme Losgelöstsein vom Leben, war nicht ihre Sache. Nehmen wir das Leben, wie es ist! Es könnte noch viel schlimmer sein! Das Auf und Ab einer Existenz, die Luce auf der Suche nach Auswegen immer als prekär erlebt hatte, und dies erst recht seit dem Krieg, hatte sie gelehrt, sich um das Morgen nicht zu bekümmern. Hinzu kam, dass dieser freien kleinen Französin jeder Gedanke an das Jenseits fremd war. Das Leben genügte ihr. Luce fand es ganz hübsch; doch sie wusste auch, dass es an einem seidenen Faden hängt und es wenig braucht, diesen Faden reißen zu lassen: Was lohnt es also, sich einen Kopf zu machen über das, was morgen kommt? Augen mein, trinkt den Tag, der euch in seinem Licht badet, solange er vorüberzieht! Und was danach kommt, mein Herz, überlass dich dem Strom mit Vertrauen. Man vermag ja doch nichts dagegen …! Und jetzt, wo wir uns lieben, ist es da nicht herrlich? Luce wusste sehr wohl, dass es nicht lange dauern würde. Aber ihr Leben würde ja auch nicht lange dauern.

Der Junge, der sie liebte, den sie liebte, war ganz anders als sie, zärtlich, glühend und nervös, mal glücklich, mal unglücklich, maßlos in der Freude wie im Kummer, hingebungsvoll und widerspenstig, aber immer mit Leidenschaft, und er war ihr gerade deshalb so lieb, weil er ihr so wenig ähnlich war. Beide aber fanden sie sich in dem unausgesprochenen Willen, nicht in die Zukunft zu sehen: sie aus der Unbekümmertheit des schicksalergeben raunenden Bächleins, er in einer überschwänglichen Verneinung, die sich in den Abgrund der Gegenwart stürzt und nicht mehr daraus auftauchen will.

Der große Bruder war für ein paar Tage auf Heimaturlaub gekommen. Am ersten Abend schon spürte er, dass sich in der häuslichen Atmosphäre etwas verändert hatte. Was? Er hätte es nicht sagen können, doch er war befremdet. Der Geist hat Antennen, die schon aus einem Abstand wahrnehmen, bevor noch das Bewusstsein den Gegenstand berührt hat. Und die feinsten Antennen sind die der Eigenliebe. Philippes Antennen bewegten sich suchend und waren verwundert: Es fehlte ihnen etwas … Hatte er nicht wieder sein liebevolles Umfeld, das ihm den gewohnten Tribut an Huldigungen zollte – seine aufmerksamen Zuhörer, denen er seine Berichte, wenn auch sehr dosiert, zukommen ließ, seine Eltern, die ihn mit zärtlicher Bewunderung umgaben, seinen kleinen Bruder … Halt, das war's: Genau der war nicht angetreten!

Gewiss, er war da, doch er bemühte sich kaum um den großen Bruder; er suchte nicht wie sonst das vertrauliche Gespräch mit ihm, das der Ältere ihm so gern verweigert hatte. Erbärmliche Eigenliebe! Philippe, der die drängenden Fragen des Jüngeren früher stets mit einer Art müde herablassender Beschützergeste beantwortet hatte, war verärgert, dass er diesmal gar keine gestellt bekam. So versuchte er sie herauszufordern: Er wurde redseliger und sah Pierre dabei an, wie um ihm zu verstehen zu geben, dass das, was er sagte, für ihn bestimmt sei. Zu anderen Zeiten hätte Pierre gebebt vor Freude und das Taschentuch aufgefangen, das man ihm hinwarf. Doch jetzt ließ er es Philippe in aller Ruhe selbst aufheben, falls er denn Lust dazu hätte. Philippe war pikiert und versuchte es mit Ironie. Pierre ließ sich davon nicht beeindrucken und antwortete gelassen, im selben distanzierten Ton. Philippe wollte diskutieren, ereiferte sich, führte große Reden. Nach einigen Minuten merkte er, dass er ganz allein redete. Pierre schaute ihm zu, als wollte er sagen:

»Rede nur weiter, mein Freund, wenn es dir Spaß macht! Ich hör dir zu …«

Und dieses unverschämte kleine Lächeln …! Die Rollen waren vertauscht.

Verdrossen schwieg Philippe und beobachtete seinen kleinen Bruder, der sich so gar nicht mehr um ihn kümmerte, nun mit größerer Aufmerksamkeit. Wie hatte er sich verändert! Den Eltern, die ihn jeden Tag gesehen hatten, war nichts aufgefallen; aber Philippes eindringliche und überdies eifersüchtige

Augen fanden nach ein paar Monaten Abwesenheit nicht mehr den gewohnten Ausdruck bei ihm wieder. Pierre wirkte glücklich, versonnen, in sich gekehrt, gleichgültig gegenüber den Leuten, uninteressiert an den Dingen, er schien in einer Wolke lustvoller Verträumtheit zu schweben wie ein junges Mädchen. Und Philippe spürte, dass er im Denken des Bruders überhaupt keine Rolle mehr spielte.

Da er indessen nicht weniger darin erfahren war, sich selbst zu analysieren, als andere zu beobachten, wurde er sich seines Ärgers bald bewusst und mokierte sich darüber. Er überwand seine Eitelkeit, begann sich für Pierre zu interessieren und suchte nach dem Geheimnis seiner Veränderung. Wie gern hätte er ihn dazu gebracht, sich ihm anzuvertrauen, doch war das ein Unterfangen, das ihm überhaupt nicht lag. Im Übrigen schien der Jüngere auch gar kein Bedürfnis danach zu haben. Kühl, unbekümmert und verschmitzt sah er zu, wie Philippe sich ungeschickt abmühte, ihm eine Brücke zu bauen. Die Hände in den Taschen, ein Lächeln auf den Lippen oder ein Liedchen pfeifend, antwortete er ausweichend, hörte auch gar nicht genau hin, was man ihn fragte – war vielmehr gleich wieder weg in seinem Reich. Guten Abend! Und schon war er nicht mehr da… Man hatte nur noch sein Spiegelbild im Wasser, das einem zwischen den Fingern zerrann.

Und wie ein verschmähter Liebhaber fühlte Philippe auf einmal, was der Jüngere ihm wert war und wie anziehend das Geheimnis dieses Herzens sein musste, das er verloren hatte.

Des Rätsels Lösung fand er durch Zufall. Als er eines Abends über den Boulevard Montparnasse nach Hause ging, kamen im Dunkeln Pierre und Luce an ihm vorüber. Er fürchtete, sie hätten ihn bemerkt. Aber sie kümmerten sich kaum um das, was sie umgab. Eng aneinandergeschmiegt, Pierre hielt Luces Arm und ihre Hand, ihre Finger waren ineinander verschlungen, gingen sie mit kleinen Schritten dahin, in ihrem Ausdruck die gierige, unersättliche Zärtlichkeit von Amor und Psyche auf dem Brautbett in der Farnesina.[6] Ihre Blicke ließen sie zu einer einzigen Gestalt verschmelzen, als wären sie aus Wachs. An einen Baum gelehnt, sah Philippe sie vorübergehen, stehenbleiben, weitergehen und in der Nacht verschwinden. Und sein Herz war voller Mitleid mit den beiden Kindern.

»Mein Leben ist verloren«, dachte er. »Sei's drum. Aber es ist ungerecht, auch diesen beiden ihres zu nehmen. Wenn ich wenigstens für ihr Glück bezahlen könnte!«

Am nächsten Tag bemerkte Pierre trotz seiner höflichen Unaufmerksamkeit – wenn auch nicht sofort, sondern erst nach einigem Nachdenken –, dass sein Bruder viel netter zu ihm war. Ein wenig wacher geworden, sah er auch die guten Augen wieder, die er kaum noch an ihm kannte. Philippe schaute ihn so klar an, dass Pierre das Gefühl hatte, sein Blick erforsche ihn; und ungeschickt beeilte er sich, den Vorhang vor sein Geheimnis zu ziehen. Aber Philippe lächelte, stand auf, legte ihm die Hand auf die Schulter und schlug ihm vor, einen Spaziergang zu machen. Diesem neuerlichen Vertrauen, das der Bruder ihm bewies, konnte Pierre nicht widerstehen, und so gingen sie zusammen in den nahe gelegenen Luxembourg-Garten. Der große Bruder hatte seine Hand auf der Schulter des Jüngeren gelassen, und der war stolz auf dieses wiedergefundene Einverständnis. Seine Zunge war gelöst. Sie redeten lebhaft über geistige Dinge, über ihre Lektüren, ihre Ansichten von den Menschen, über diese und jene neue Erfahrung, über alles – nur nicht über das Thema, an das sie alle beide dachten. Es war wie eine stillschweigende Übereinkunft. Sie waren glücklich, dass sie sich wieder so nahe waren, mit einem Geheimnis zwischen ihnen. Während sie miteinander sprachen, fragte Pierre sich im Stillen:

»Weiß er's? Aber woher sollte er …?«

Philippe sah ihm zu, wie er redete, und lächelte. Schließlich unterbrach sich Pierre mitten im Satz:

»Was hast du?«

»Nichts. Ich schau dich nur an. Ich freue mich.«

Sie drückten sich die Hand. Beim Nachhausekommen fragte Philippe:

»Bist du glücklich?«

Pierre sagte nichts, er nickte nur heftig.

»Du hast recht, mein Kleiner. Das Glück ist etwas Wunderschönes. Nimm meinen Teil dazu ...«

Um ihn nicht zu beunruhigen, vermied Philippe es während seines Heimaturlaubs, von der bevorstehenden Einberufung von Pierres Jahrgang zu sprechen. Doch am Tag seiner Abreise konnte er seinen Schmerz darüber nicht länger verschweigen, dass nun auch sein junger Bruder bald den Prüfungen ausgesetzt sein würde, die er nur zu gut kannte. Kaum dass daraufhin ein Schatten über die Stirn des kleinen Verliebten ging. Er runzelte leicht die Brauen, kniff die Augen zusammen, wie um eine unangenehme Vorstellung zu verscheuchen, und sagte dann:

»Genug ...! Später ...! *Chi lo sa*?[7]

»Man weiß es nur allzu gut«, erwiderte Philippe.

»Eines jedenfalls weiß ich«, gab Pierre zurück, verärgert, dass Philippe beharrte. »Wenn ich erst dort bin – ich werde nicht töten.«

Und Philippe widersprach nicht, er lächelte nur traurig. Er wusste, was die unerbittliche Gewalt der Herde aus schwachen Seelen und ihren Vorsätzen machte.

Es war wieder März geworden, die Tage wurden länger, und die ersten Vögel sangen. Aber auch die unheilvollen Flammen des Krieges loderten höher. Die Luft fieberte in Erwartung des Frühlings wie der Katastrophe. Man hörte, wie das ungeheuerliche Dröhnen anschwoll, wie die Waffen der Millionen Feinde aufeinanderschlugen, die seit Monaten gegen den Damm der Schützengräben drückten, bereit, ihn zu brechen und sich wie eine Sturmflut in die Île-de-France und über das Schiff der Cité zu ergießen. Schreckliche Gerüchte eilten ihr voraus: ein wildes Geraune von Giftgasen in der Luft, die, so hieß es, über weiten Provinzen niedergehen und alles Leben vernichten würden, wie die Glutwolken des Mont Pelé[8]. Schließlich schürten auch die in immer kürzeren Abständen erfolgenden Luftangriffe auf Paris die Nervosität der Bevölkerung in wohlberechneter Weise.

Pierre und Luce wollten weiterhin nichts von dem wissen, was um sie her vorging; doch das schwelende Fieber in der unheilschwangeren Luft, das sie unwissentlich einatmeten, schürte auch das Begehren in ihren jungen Körpern. Drei Jahre Krieg hatten in allen Seelen Europas eine Lockerung der Sitten bewirkt, die auch die Ehrbarsten erreichte. Und keiner der beiden jungen Leute hatte ja religiöse Bindungen. Es schützte sie ihre Herzensreinheit und ihre instinktive Scham. Doch hatten sie sich insgeheim entschlossen, sich einander hinzugeben, bevor die blinde Grausamkeit der Menschen sie auseinanderreißen würde. Bislang hatten sie es sich nicht gesagt. Sie sagten es sich an diesem Abend.

Ein oder zwei Mal in der Woche blieb ihre Mutter während einer Nachtschicht in der Fabrik von zu Hause fern. In diesen Nächten schlief Luce, um in dem verlassenen Viertel nicht allein zu sein, bei einer Freundin in der Stadt. Man überwachte sie aber nicht. Die beiden Liebenden nutzten diese Freiheit, um einen Teil des Abends gemeinsam zu verbringen; manchmal gingen sie auch essen in einem bescheidenen Restaurant. Als sie es an diesem Abend Mitte März verließen, hörten sie die Alarmsirenen. Sie suchten im nächsten Unterstand Schutz, wie vor einem Regenguss, und amüsierten sich eine Zeitlang damit, ihre Zufallsgenossen zu beobachten. Doch die Gefahr schien fern zu sein oder auch schon vorüber, ohne dass Entwarnung gegeben wurde, so dass Luce und Pierre, die nicht zu spät zu Hause sein wollten, wieder fröhlich plaudernd auf die Straße hinaustraten. Sie liefen durch eine dunkle, schmale Gasse unweit von Saint-Sulpice. Eben waren sie an einer Toreinfahrt vorbeigekommen, in der eine Droschke stand; Pferd und Kutscher schliefen. Sie befanden sich zwanzig Schritte von ihnen entfernt auf dem anderen Gehsteig, als plötzlich alles um sie her bebte: grellrot blendendes Licht, donnerndes Getöse, ein Hagel von Ziegeln und splitterndem Glas. In der Einbuchtung eines Hauses, bei dem die Straße einen jähen Knick machte, pressten sie sich gegen die Wand, und ihre Körper umschlangen sich. Im Schein der Explosion hatten sie ihre Augen gesehen, in denen die Liebe und das Entsetzen standen. Im Dunkel der wieder eingetretenen Nacht flehte die Stimme von Luce:

»Nein, ich will noch nicht!«

Und Pierre spürte, wie sich Lippen und Zähne in wilder Leidenschaft auf seinen Mund pressten. Bebend standen sie in der Finsternis der Straße. Wenige Schritte von ihnen entfernt hoben Leute, die aus den Häusern gestürzt kamen, den tödlich verletzten Kutscher aus den Trümmern seines Gefährts; ganz dicht kamen sie mit dem Unglücklichen an ihnen vorbei, dessen Blut auf den Boden tropfte. Luce und Pierre standen wie versteinert und hielten sich so eng umschlungen, dass, als sie sich wieder fassten, es ihnen vorkam, als seien ihre Körper nackt unter der Umarmung gewesen. Sie lösten ihre Hände und ihre fest aufeinandergepressten Lippen, die wie Wurzeln das geliebte Wesen tranken. Und beide begannen sie zu zittern.

»Lass uns heimgehen!«, rief Luce, von heiligem Schrecken erfasst.

Sie zog ihn mit sich.

»Luce, du lässt mich nicht aus dem Leben gehen, bevor …?«

»O Gott«, rief sie und drückte seinen Arm, »dieser Gedanke wäre schlimmer als der Tod!«

»Mon amour!«, sagten beide.

Und wieder blieben sie stehen.

»Wann werde ich dein sein?«, fragte Pierre.

Er hatte nicht gewagt zu fragen: »Wann wirst du mein sein?«. Luce bemerkte es und war gerührt.

»Liebster«, sagte sie, »bald! Dränge uns nicht! Du kannst es nicht mehr wollen als ich! Lass uns noch ein bisschen warten, nur eine kleine Weile … Es ist so schön … Diesen Monat noch, bis zu seinem Ende …!«

»Bis Ostern?«, fragte er.

»Ja, bis zur Auferstehung.«

»Aber vor der Auferstehung kommt der Tod.«

»Pst!«, machte sie und verschloss ihm den Mund mit ihrem Munde.

Dann lösten sie sich voneinander.

»Das ist heute Abend unsere Verlobung«, sagte Pierre.

Eng aneinandergeschmiegt gingen sie weiter durch das Dunkel und weinten leise vor Zärtlichkeit. Der Boden unter ihren Füßen knirschte von Glassplittern, auf dem Pflaster floss Blut. Rings um ihre Liebe lauerten Nacht und Tod. Doch hoch über ihren Köpfen, als wär's ein Zauberkreis, da wo die beiden schwarzen Häuserfronten der schmalen Gasse sich wie ein Kamin zum Himmel hin öffneten, schlug das Herz eines Sterns.

Und siehe da: Die Glocken begannen zu läuten, die Lichter gingen wieder an, und die Straßen belebten sich. Die Luft war frei von Feinden. Paris atmete auf. Der Tod war entflohen.

Sie waren am Vorabend von Palmsonntag angekommen. Jeden Tag sahen sie sich für ein paar Stunden, und sie suchten sich nun auch nicht mehr zu verbergen. Niemandem auf der Welt waren sie mehr Rechenschaft schuldig. So dünn waren schon die Fäden, mit denen sie noch an diese Welt gebunden waren, dass sie jederzeit reißen konnten! Zwei Tage zuvor hatte die große deutsche Offensive begonnen. Auf nahezu hundert Kilometern hatte die Woge den Damm überspült. Und eine Aufregung nach der anderen ließ die Stadt erzittern – die Explosion in La Courneuve[9], die Paris erschüttert hatte wie ein Erdbeben, die pausenlosen Fliegeralarme, die den Menschen den Schlaf raubten und ihre Nerven aufrieben. Und an diesem Samstagmorgen, nach einer schon gestörten Nacht, wachten alle, die bis in die Frühe kein Auge hatten zutun können, unter dem Donner jenes mysteriösen, fernab kauernden Geschützes auf, das, von jenseits der Somme wie von einem anderen Planeten nach der Stadt tastend, den Tod aus seinen Rohren schleuderte.[10] Während der ersten Einschläge, die man der Rückkehr der Bomber zuschrieb, war man noch folgsam in die Luftschutzkeller geflüchtet. Doch eine Gefahr, die anhält, wird zur Gewohnheit, in der das Leben sich einrichtet; ja, es findet sogar einen gewissen Reiz darin, sofern das Risiko geteilt wird und nicht allzu groß ist. Außerdem war das Wetter viel zu schön: ein Jammer, sich da lebendig in der Erde zu vergraben! Noch vor Mittag war alle Welt draußen, und Straßen, Parks, Café-Terrassen zeigten sich an diesem strahlend warmen Nachmittag wie an einem Festtag.

Diesen Nachmittag hatten Pierre und Luce gewählt, um fern von der Menge in die Wälder von Chaville zu gehen. Seit zehn Tagen lebten sie in einer exaltierten Ruhe. Tiefer Friede im Herzen, aber die Nerven vibrieren. Man hat das Gefühl, auf einer Insel zu sein, die von einem reißenden Strom umspült wird: Ihn zu sehen und sein Tosen zu hören lässt dich taumeln und reißt dich mit. Doch wenn du die Augen schließt und die Hände auf die Ohren legst, wenn der Riegel vor die Tür geschoben ist, dann plötzlich tritt Stille in dir ein, eine blendende Stille, ein regloser Sommertag, an dem die Freude, unsichtbar wie ein verborgener Vogel, ihren Gesang singt, fließend und frisch wie ein Bach. O Freude, magischer Sänger, Stimme des Glücks! Ich weiß sehr wohl, es genügt ein kleiner Spalt zwischen meinen Lidern oder dass mein Finger einen Augenblick lang nicht stark genug aufs Ohr drückt, um des Stromes Gischt und sein Tosen wieder einzulassen. Allzu zerbrechliche Schleuse! Das Wissen um ihre Zerbrechlichkeit aber macht die Freude noch größer, weil ich sie bedroht weiß. Selbst Frieden und Stille bekommen ein leidenschaftliches Gesicht! …

Im Wald angekommen, fassten sie sich bei den Händen. Die ersten Tage des Frühlings sind wie ein neuer Wein, der einem zu Kopf steigt. Die junge Sonne macht trunken mit dem reinen Saft ihrer Rebe. Die noch kahlen Wälder sind von Licht durchflutet; durch die nackten Zweige strahlt faszinierend das Blau des Himmels und schläfert den Verstand ein. Kaum, dass sie ein paar Worte zueinander sagten. Ihre Zunge weigerte sich, einen begonnenen Satz zu Ende zu sprechen. Ihre Beine waren weich und bewegten sich nur widerstrebend. Sie taumelten fast unter der Sonne und der Stille dieser Wälder. Die Erde zog sie an. Sich einfach auf den Weg legen … Sich davontragen lassen vom großen Weltenrad …

Sie erklommen eine Böschung am Wegrand, drangen in ein Dickicht ein, und auf dürrem Laub, durch das die Veilchen sprossen, legten sie sich Seite an Seite nieder. In das erste Vogelgezwitscher und das ferne Grollen der Kanone mischten sich die

Glocken des Dorfes, die den morgigen Feiertag ankündigten. Die helle Luft flirrte von Hoffnung, von Zuversicht, von Liebe – und von Tod. Obwohl sie ganz allein waren, sprachen sie nur leise. Sie fühlten sich beklommen – vor Glück oder vor Leid? Sie hätten es nicht zu sagen gewusst, so sehr waren sie in ihre Träumerei versunken. Luce lag reglos da, die Arme am Körper, sie hatte die Augen offen und sah gedankenverloren in den Himmel; sie spürte, wie ein verborgener Schmerz in ihr hochstieg, den sie seit dem Morgen, um die Freude des Tages nicht zu stören, mühsam zu verdrängen suchte. Pierre legte den Kopf auf ihre Knie, in die Höhlung ihres Kleides, das Gesicht wie ein schlafendes Kind gegen den warmen Leib geschmiegt. Und Luce, ganz stumm, streichelte dem Geliebten die Ohren, die Augen, die Nase, die Lippen. Zärtliche, wie beseelte Hände, die wie im Märchen kleine Münder an den Fingerspitzen zu haben schienen! Und Pierre, ganz empfindsame Klaviatur, spürte an den schwachen Wellen, die unter den Fingern dahinliefen, die Erregung im Herzen der Freundin. Er hörte sie seufzen, noch bevor sie es wirklich tat. Dann richtete Luce sich auf, beugte sich vor und sagte halblaut, mit klagender, bedrückter Stimme:

»Ach, Pierre!«

Beunruhigt sah er zu ihr auf.

»Ach, Pierre! Was sind wir denn? … Was will man von uns? … Und was wollen wir? … Was ist los in uns? … Diese Kanone, diese Vögel, dieser Krieg, diese Liebe … diese Hände, dieser Körper, diese Augen … Wo bin ich? … Und was bin ich? …«

Pierre, der diesen Ausdruck von Verstörtheit an ihr nicht kannte, wollte sie in seine Arme nehmen. Aber sie stieß ihn zurück.

»Nein, nein!«

Sie schlug die Hände vors Gesicht und warf sich ins Gras. Bestürzt flehte Pierre:

»Luce!«

Er kam ganz nah an sie heran.

»Luce, was hast du? … Hat es was mit mir zu tun? …«

Sie hob den Kopf:

»Nein!«

Er sah Tränen in ihren Augen.

»Hast du Kummer?«

»Ja.«

»Warum?«

»Ich weiß nicht.«

»Sag es mir.«

»Ach, ich schäme mich so …«

»Worüber?«

»Über alles.«

Sie schwieg.

Seit dem Morgen verfolgte sie eine traurige Vorstellung, peinigend und erniedrigend: Ihre Mutter, die wie von Sinnen war durch das Gift, das in der Promiskuität dieser Unzuchts- und Mordfabriken, dieser Menschenbottiche gärte, hatte nunmehr alle Hemmungen verloren. Sie hatte bei sich zu Hause ihrem Liebhaber eine wütende Eifersuchtsszene gemacht, ohne sich darum zu bekümmern, dass ihre Tochter alles mit anhörte. Und so hatte Luce erfahren, dass ihre Mutter schwanger war. Das traf sie wie eine Schmach, die sie selber erlitt, die die Liebe insgesamt, auch ihre Liebe zu Pierre beschmutzte. Und darum hatte sie ihn, als er sie umarmen wollte, so heftig zurückgestoßen. Sie schämte sich für sich und für ihn … Schämte sich für ihn? Armer Pierre!

Er verharrte gedemütigt und wagte sich nicht mehr zu rühren. Von Gewissensbissen gepackt, lächelte sie inmitten ihrer Tränen, legte den Kopf auf Pierres Knie und sagte:

»Jetzt bin ich dran.«

Immer noch unruhig, strich Pierre ihr übers Haar, wie man eine Katze streichelt. Und er murmelte:

»Luce, was war das. Sag es mir! …«

»Nichts«, antwortete sie, »ich habe traurige Dinge gesehen.«

Er hatte zu große Achtung vor ihren Geheimnissen, um weiter zu beharren. Doch Luce begann schon einen Augenblick später wieder:

»Es gibt Augenblicke, weißt du … da schämt man sich, ein Mensch zu sein.«

Pierre zuckte zusammen.

»Ja«, sagte er.

Und nach kurzem Schweigen flüsterte er, sich zu ihr hinabbeugend:

»Verzeih mir!«

Luce richtete sich ungestüm auf, umschlang Pierre und rief ebenfalls:

»Verzeih mir!«

Und ihre Münder fanden sich gierig.

Sie brauchten einander, die beiden Kinder, um sich zu trösten. Sie sagten es nicht laut, aber sie dachten beide:

»Ein Glück, dass wir sterben werden!« Denn das Schlimmste wäre, auch einer jener Menschen zu werden, die so stolz auf ihr Menschsein sind, die zerstören und erniedrigen …

Mund auf Mund, Wimpern die Wimpern streifend, tauchten sie ihren Blick in den Blick des andern und lächelten in zärtlichem Mitleid. Und sie wurden nicht müde dieses göttlichen Gefühls, das die reinste Form der Liebe ist. Schließlich rissen sie sich aus ihrer Versunkenheit, und Luce sah nun wieder mit heiteren Augen, wie sanft der Himmel, die knospenden Bäume und der Blütenhauch waren.

»Ist das schön hier!«, rief sie.

Und bei sich dachte sie: »Warum sind die Dinge nur so schön? Und wir so kümmerlich, so schäbig, so hässlich! Du natürlich nicht, mein Lieber, du nicht!«

Sie schaute ihn wieder an:

»He, was kümmern uns die andern?«

Und mit der herrlichen Unlogik der Liebe brach sie in Lachen aus, sprang mit einem Satz auf, lief in den Wald und rief:

»Fang mich doch!«

Und den ganzen übrigen Tag tollten sie herum wie die Kinder. Erst als sie richtig müde waren, gingen sie langsamen Schritts zurück ins Tal, in dem sich wie in einem Korb die Strahlen der untergehenden Sonne sammelten. Alles erschien ihnen neu, was sie genießen konnten, mit einem Herzen für zwei, mit zwei Körpern für einen.

Sie waren fünf Freunde im gleichen Alter, die bei einem von ihnen zusammengekommen waren. Fünf Schulkameraden, die eine gewisse Verwandtschaft im Geiste, eine erste Gedankenauslese zueinandergeführt und von den anderen abgesondert hatte. Dennoch dachten nicht zwei von ihnen dasselbe. Unter der vorgeblichen Einmütigkeit von vierzig Millionen Franzosen stecken in Wahrheit vierzig Millionen Hirne, die jedes für sich bleiben. Das Denken in Frankreich gleicht dem Land: lauter kleine Besitztümer. Von einer Parzelle zur anderen versuchten die fünf Freunde, über die Hecke hinweg ihre Gedanken auszutauschen. Aber es lief doch darauf hinaus, dass jeder, was er dachte, nur umso nachdrücklicher behauptete. Alle waren sie im Übrigen freie Geister und wenn schon nicht alle republikanisch gesinnt, so doch Feinde der intellektuellen und sozialen Reaktion, der Rückkehr in die Vergangenheit.

Jacques Sée war am meisten für den Krieg entflammt. Dieser sonst sehr aufgeschlossene junge

Jude hatte sich alle geistigen Leidenschaften Frankreichs zu eigen gemacht. So wie er waren überall in Europa seine Vettern, die Kinder Israels, zu Verfechtern der Interessen ihrer Wahlheimat geworden. Ja, wie in allem, was sie übernahmen, neigten sie sogar zur Übertreibung. Dieser schöne Junge mit den glühenden Augen, der etwas schweren Stimme und den regelmäßigen, scharf geschnittenen Zügen war in seinen Überzeugungen entschiedener als nötig und heftig zum Widerspruch aufgelegt. Seiner Ansicht nach ging es um einen Kreuzzug der Demokratien zur Befreiung der Völker und zur Abschaffung des Krieges. Vier Jahre philanthropischen Gemetzels hatten ihn nicht eines Besseren belehrt. Er gehörte zu den Menschen, die eine Widerlegung durch Tatsachen nie akzeptieren. Er hatte einen doppelten Stolz, den verborgenen Stolz seiner Rasse, die er rehabilitieren wollte, und seinen persönlichen Stolz, der recht behalten wollte. Und das umso mehr, als er dessen nicht sicher war. Hinter seinem ehrlichen Idealismus verbargen sich fordernde, allzu lange unterdrückte Instinkte, ein Drang nach Taten und Abenteuern, der nicht weniger aufrichtig war.

Auch Antoine Naudé war für den Krieg. Doch nur, weil er nicht anders konnte. Dieser gutmütige, dicke Bürgerssohn mit den rosigen Wangen, friedlich und feinsinnig, der etwas kurzatmig war und das *r* mit der gezierten Anmut der Provinzen Mittelfrankreichs rollte, sah dem beredten Enthusiasmus seines Freundes Sée mit ruhigem Lächeln zu, ja, er mochte ihn auch bei Gelegenheit mit einem lässig hingeworfenen Wort auf die Palme bringen – aber das träge Dickerchen hütete sich wohl, ihm dorthin zu folgen! Wozu sich denn für oder gegen etwas ereifern, das nicht von einem abhängt? Das gab es doch nur in den Tragödien, diesen heroischen, wortreichen Konflikt zwischen Pflicht und Neigung. Wenn man keine andere Wahl hat, tut man eben seine Pflicht, ohne lange herumzureden. Davon wird es auch nicht lustiger! Naudé bewunderte nicht noch verurteilte er. Der gesunde Menschenverstand sagte ihm, wenn der Zug einmal abgefahren war und der Krieg im Gang, dann musste man eben mitfahren. Eine andere Möglichkeit gab es nicht. Nach der Verantwortung dafür zu suchen war Zeitverschwendung. Wenn ich schon kämpfen muss, was nützt es mir dann, zu wissen, dass ich möglicherweise nicht hätte zu kämpfen brauchen, wenn die Dinge gewesen wären … wie sie nun mal nicht gewesen sind!

Die Verantwortung! Für Bernard Saisset war genau das die wichtigste Frage; erbittert versuchte er dieses Schlangenknäuel zu entwirren, vielmehr, er schwenkte es wie eine kleine Furie über seinem Kopf. Ein schmächtiger Junge, vornehm, leidenschaftlich, sehr nervös, durchglüht von einer überaus lebhaften geistigen Empfindsamkeit, kam er aus reichem Bürgerhaus und einer alten republikanischen Familie, die höchste Staatsämter innegehabt hatte; doch aus Reaktion darauf bekundete er geradezu ultrarevolutionäre Überzeugungen. Er hatte die Herren des Tages und ihre jeweiligen Wirkungen aus zu großer Nähe erlebt. Er klagte sämtliche Regierungen an – und vornehmlich die eigene. Er sprach nur noch von Syndikalisten und Bolschewiki; die hatte er eben für sich entdeckt, und er fraternisierte mit ihnen, als hätte er sie von klein auf gekannt. Ohne recht zu wissen, wie, sah er das einzige Heilmittel in einer totalen Umwälzung der Gesellschaft. Er hasste den Krieg; aber einem Krieg der Klassen hätte er sich mit Wonne hingegeben – einem Krieg gegen seine Klasse, gegen sich selbst.

Der Vierte in der Gruppe, Claude Puget, wohnte diesen Wortgefechten mit kühler, leicht verächtlicher Aufmerksamkeit bei. Von sehr kleinbürgerlicher Herkunft und arm, war er durch einen Schulinspektor, dem seine Intelligenz aufgefallen war, aus seiner Provinz gerissen und damit allzu früh um die Wärme einer Familie gebracht worden. Gewöhnt daran, nur auf sich zu zählen, nur mit sich zu leben, war dieser Gymnasialstipendiat in der Tat mit sich allein beschäftigt. Ein selbstgefälliger, »egotistischer« Philosoph und Seelenanalytiker, war er lustvoll der Introspektion ergeben, wie eine dicke, in sich zusammengerollte Katze, und sah der Aufregung der anderen unbewegt zu. Diese drei Freunde, die sich nicht verständigen konnten, er tat sie in einen Topf – mit dem »gemeinen Volk«. Gingen sie nicht alle drei unter ihr Niveau, indem sie die Sehnsüchte der breiten Masse teilen wollten? In Wahrheit war doch für jeden von ihnen die Masse etwas anderes. Aber ganz gleich, was sie war, für Puget hatte die Masse immer unrecht. Die Masse war der Feind. Der geistige Mensch hatte allein zu bleiben, nur seinen eigenen Gesetzen zu folgen und, von der Plebs ebenso wie vom Staat geschieden, das kleine, geschlossene Reich des Denkens zu begründen.

Pierre, der in der Nähe des Fensters saß, sah zerstreut hinaus und träumte. Sonst hatte er sich immer vehement an diesen jugendlichen Gefechten beteiligt. Heute aber waren sie für ihn nicht mehr als müßiges Wortgeklingel, dem er von fern – so fern – zuhörte, in gelangweiltem, spöttisch überlegenem Versunkensein. Ganz in ihre Diskussionen vertieft, bemerkten die andern seine Schweigsamkeit erst nach geraumer Zeit. Saisset, der es gewohnt war, bei Pierre stets ein Echo auf seinen verbalen Bolschewismus zu finden, war schließlich doch verwundert, dass nichts von ihm kam, und sprach ihn an.

Pierre fuhr hoch, wurde rot, lächelte und fragte:

»Wovon redet ihr?«

Sie waren empört.

»Hörst du nicht zu?«

»Woran hast du denn gedacht?«, schimpfte Naudé.

Verwirrt und ein wenig unverschämt antwortete Pierre:

»An den Frühling. Es scheint, er ist ohne unsere Erlaubnis zurückgekehrt. Und er wird auch ohne uns wieder gehen.«

Alle überschütteten ihn mit ihrer Verachtung. Naudé beschimpfte ihn als »Poeten«. Jacques Sée nannte ihn einen »Angeber«.

Nur Puget sah ihn aus seinen zusammengekniffenen Augen mit den kalten Pupillen neugierig und voller Ironie an. Er sagte:

»Flügelameise!«

»Was?«, fragte Pierre amüsiert zurück.

»Pass auf deine Flügel auf!«, grinste Puget. »Es ist der Hochzeitsflug. Der dauert nur eine Stunde.«

»Das Leben dauert auch nicht länger«, sagte Pierre.

In dieser Karwoche sahen sie sich jeden Tag. Pierre kam zu Luce in ihr einsam gelegenes Haus. Das bescheidene Gärtchen erwachte, dort verbrachten sie die Nachmittage. Sie hatten nunmehr eine Abneigung gegen Paris, gegen Menschenmassen, gegen das Leben. In manchen Augenblicken legte sich sogar auf ihre Seelen eine Lähmung, die sie schweigen ließ; dann saßen sie nur still beieinander, ohne irgendein Verlangen, etwas zu tun. Ein sonderbares Gefühl machte ihnen beiden zu schaffen. Sie hatten Angst. Angst vor dem Tag, an dem sie sich einander hingeben würden – Angst aus einem Übermaß an Liebe, aus einer Reinheit der Seele heraus, die alles Hässliche, Grausame, Schändliche des Lebens verschreckte und die in einem Rausch von Leidenschaft und Schwermut davon träumte, von alledem befreit zu sein. Aber sie sagten sich nichts davon.

Die meiste Zeit verbrachten sie damit, ganz sacht von ihrem zukünftigen Heim zu sprechen, ihrem gemeinsamen Tun, ihrem kleinen Haushalt. Sie dachten sich bis in alle Einzelheiten ihre Einrichtung aus, die Möbel, die Tapeten, den Platz, den ein jeder Gegenstand haben sollte. Als echte Frau war Luce bei der bloßen Erwähnung solcher geliebten Kleinigkeiten und häuslichen Alltäglichkeiten oft bis zu Tränen gerührt. Sie genossen die erlesenen kleinen Vorfreuden des gemeinsamen Wohnens … und ahnten doch, dass nichts von alledem sein würde – Pierre aus angeborenem Pessimismus, Luce aus der Hellsichtigkeit ihrer Liebe, die um die praktische Unmöglichkeit einer Ehe wusste … Deshalb beeilten sie sich, sie im Traum zu kosten. Und jeder verbarg vor dem anderen seine Gewissheit, dass es nur ein Traum war. Jeder glaubte, allein im Besitz des Geheimnisses zu sein, und wachte gerührt über die Illusion des anderen.

Hatten sie diesen schmerzlichen Genuss der unmöglichen Zukunft ausgekostet, überkam sie eine Müdigkeit, als hätten sie gelebt. Dann ruhten sie sich aus, saßen unter der Laube mit den vertrockneten Ranken, deren gefrorenen Saft die Sonne auftaute, sein Kopf lag auf ihrer Schulter, und lauschten auf das Raunen der Erde. Zwischen den vorüberziehenden Wolken spielte die Sonne Verstecken, erschien lachend und verschwand wieder. Helle Strahlen und dunkle Schatten liefen im Wechsel über die Ebene, so wie Freude und Leid über die Seele.

»Luce«, sagte Pierre plötzlich, »erinnerst du dich nicht mehr? Vor langer, langer Zeit … da saßen wir schon einmal so …«

»Ja«, sagte Luce, »das ist wahr. Es kommt mir alles so bekannt vor … Wo waren wir da nur?«

Sie amüsierten sich damit, herauszufinden, in welcher Gestalt sie sich einst gekannt hatten. Schon als Menschen? Vielleicht. Aber dann musste Pierre das Mädchen und Luce der Liebhaber gewesen sein … Als Vögel in der Luft? Als Luce klein war, hatte ihre Mutter ihr erzählt, sie sei eine kleine Wildgans, die durch den Schornstein gefallen wäre. Ach, sie hatte sich alle Flügel dabei gebrochen! … Worin sie sich aber am liebsten wiederfanden, das waren die elementaren, fließenden Formen der Natur, die einander durchdringen, sich ein- und wieder ausrollen wie die Voluten eines Traums oder auch des Rauchs: weiße Wolken, die in der Tiefe des Himmels zerschmelzen, kleine, sich spielend brechende Wellen, Regen auf der Erde, Tau im Gras, Pusteblumen, die in der Luft schweben, bis der Wind sie davonträgt. Wenn er nur nicht von neuem bläst, denn wir wollen uns für alle Ewigkeit nicht mehr verlieren! …

Doch er sagte:

»In Wirklichkeit glaube ich, dass wir uns noch nie verlassen haben; wir waren zusammen wie jetzt, einer an den andern gelehnt, nur haben wir geschlafen und geträumt. Manchmal wachen wir auf … Doch kaum … Ich spüre deinen Atem, deine Wange an meiner … Mit großer Anstrengung nähern unsere Münder sich einander … Und schon fallen wir wieder in Schlaf … Liebes, Liebes, ich bin da, ich halte deine Hand, lass mich nicht los! Noch ist es nicht ganz die richtige Zeit, der Frühling zeigt doch gerade erst seine kalte Nasenspitze.«

»So kalt wie deine«, spottete Luce.

»Bald werden wir aufwachen, an einem schönen Sommertag.«

»*Wir* werden der schöne Sommertag sein«, sagte Luce.

»Der warme Schatten der Linden, die Sonne zwischen den Zweigen, die summenden Bienen …«

»Der Pfirsich am Spalier und sein duftendes Fleisch …«

»Die Schnitter in der Mittagsruhe und ihre goldenen Garben …«

»Die trägen Herden, wie sie ihr Gras wiederkäuen …«

»Und am Abend, bei Sonnenuntergang, wie ein blühender Weiher das fließende Licht, das über die Felder streicht …«

»Das alles werden wir sein«, sagte Luce, »alles, was gut und angenehm zu sehen und zu haben, zu küssen, zu schmecken, zu berühren, zu atmen ist … Alles Übrige lassen wir denen«, fügte sie mit einer Handbewegung zur Stadt und ihren Rauchschwaden hinzu.

Sie lachte, dann küsste sie den Freund und meinte:

»Haben wir es doch schön gesungen, unser kleines Duett, nicht wahr, *mon ami Pierrot?*«

»Ja, *Jessica*«, erwiderte er.

»Ach, mein lieber Pierrot«, fuhr sie fort, »wir waren nicht recht geschaffen für diese Welt, wo man nur noch die *Marseillaise* zu singen vermag!«

»Wenn man sie wenigstens richtig singen könnte!«, meinte Pierre.

»Wir haben uns in der Station geirrt, wir sind zu früh ausgestiegen.«

»Ich fürchte«, sagte Pierre, »die nächste Station wäre noch schlimmer gewesen. Siehst du uns denn in jener zukünftigen Gesellschaft, diesem Bienenstock, den man uns verspricht, wo jeder nur noch für die Königin leben darf oder für DIE REPUBLIK?«

»Von morgens bis abends nur Eier legen, wie ein Maschinengewehr, oder aber von morgens bis abends die Eier der anderen abschlecken ... Na, ich bedanke mich!«, meinte Luce ihrerseits.

»O Luce, garstiges kleines Ding, was du auf einmal hässlich redest!«, rief Pierre lachend.

»Ja, das ist mies, ich weiß. Ich tauge zu nichts. Und du auch nicht, mein Bester. Du bist genauso wenig geschaffen, Leute umzubringen oder zu verstümmeln im Krieg, wie ich, sie wieder zusammenflicken – wie diese armen Pferde, wenn sie beim Stierkampf aufgeschlitzt wurden –, damit sie bei der nächsten Hatz wieder einsatzbereit sind. Unnütze Wesen sind wir, gefährliche, weil wir den lächerlichen, verbrecherischen Anspruch haben, nur zu leben, um zu lieben, was wir lieben – meinen Liebsten, meine Freunde, die braven Leute und die kleinen Kinder, das schöne Tageslicht, auch das gute Weißbrot und alles, was uns gut schmeckt. Eine Schande ist das, eine Schande! Erröte für mich, Pierrot! … Aber wir werden es büßen! Es wird kein Platz für uns sein in der Staatsmaschine ohne Rast noch Ruh, die die Welt bald sein wird … Aber zum Glück werden wir dann nicht mehr da sein!«

»Ja, was für ein Glück«, sagte Pierre. Und er rezitierte:

»Wird mich in deinem Arm der Tod bezwingen,
Ist mir's genug. Ich seh mich nicht behängt
Mit größren Ehren, als im Kuss versenkt
In deinem Arm die Seele darzubringen.«

»Aber Liebster, was muss ich aus deinem Munde hören!«

»Es ist im besten Sinne französisch. Das schreibt Ronsard!«, sagte Pierre.

»und ich wünsch nicht mehr
Als nur nach hundert Jahren ohne Ehr
Müßig zu sterben in Cassandres Schoß.«

»Hundert Jahre!«, seufzte Luce. »Anspruchsvoll ist er nicht gerade!«

»Wenn ich nicht irr, so hat es mehr von Glück,
Also zu sterben, als, den Ruhm im Blick,
Zu teilen Alexanders kurzes Los«[11]

»Böser, böser, böser kleiner Schlingel, schämst du dich nicht! In dieser Zeit der Helden!«

»Helden gibt es schon zu viele!«, meinte Pierre. »Lieber will ich ein kleiner Junge sein, der liebt, eines Menschen Kind.«

»Mein Menschenkind, das noch die Milch von meiner Brust an den Lippen hat!«, rief Luce und schlang die Arme um ihn. »Du mein Kleiner!«

Die Überlebenden jener Tage, die die entscheidende Wende des Schicksals seither miterleben durften, werden sicher vergessen haben, welcher dunkle, schwere Flügelschlag in dieser Woche die Île-de-France bedrohte und Paris mit seinem Schatten streifte. Überstandene Prüfungen beachtet die Freude nicht mehr. – Der deutsche Ansturm erreichte seinen Höhepunkt zwischen Montag und Mittwoch der Karwoche. Die Somme war überschritten, Bapaume, Nesle, Guiscard, Roye, Noyon, Albert[12] erobert, elfhundert Geschütze erbeutet. Sechzigtausend Gefangene … Und als wär's ein Symbol für das zertrampelte Land der Anmut, starb am Dienstag Claude Debussy, der Komponist der harmonischen Klänge.[13] Die Leier zerbricht … »Armes kleines, sterbendes Griechenland …!«[14] Was würde von ihm bleiben? Ein paar ziselierte Vasen, einige vollkommene Stelen, vom Gras der Gräberstraße[15] bald überwuchert. Unvergängliche Spuren des zerstörten Athen …

Pierre und Luce sahen wie von einer Anhöhe herab den Schatten, der sich über die Stadt legte.

Noch ganz eingehüllt in die Strahlen ihrer Liebe, erwarteten sie ohne Furcht das Ende des kurzen Tages. Heute in der Nacht würden sie zu zweit sein. Wie ein abendliches Angelusläuten stieg zu ihnen, aus der Erinnerung geweckt, die wollüstige Schwermut von Debussys schönen Akkorden empor, die sie so sehr geliebt hatten. Mehr als jemals zuvor entsprach die Musik jetzt dem Bedürfnis ihrer Herzen. Sie war die einzige Kunst, die hinter dem Vorhang der Formen die Stimme der erlösten Seele sein konnte.

Am Gründonnerstag gingen sie, Luce an Pierres Arm und seine Hand haltend, über die vom Regen aufgeweichten Wege der Vorstadt. Windstöße fegten über die nasse Ebene. Sie bemerkten keinen Regen, keinen Wind, nicht die Hässlichkeit der Gegend, nicht die morastige Straße.

Auf dem Mäuerchen eines Parks, von dem eine Seite unlängst eingestürzt war, ließen sie sich nieder. Unter Pierres Schirm, der kaum Kopf und Schultern überdeckte, saß Luce mit baumelnden Beinen; sie hatte nasse Hände, ihr Regenmantel war durchweicht, und so schaute sie dem Wasser zu, wie es herabtropfte. Jedes Mal, wenn der Wind die Äste schüttelte, gab es *ploch! ploch!* ein kleines Trommelfeuer auf das Schirmdach. Luce war schweigsam, sie lächelte still, wie von innen erhellt. Eine tiefe Freude umgab beide.

»Wie kommt es, dass wir uns so sehr lieben?«, fragte Pierre.

»Ach, Pierre, wenn du das fragst, dann hast du mich gar nicht so lieb.«

»Ich frage dich danach«, sagte Pierre, »damit du mir sagst, was ich genauso gut weiß wie du.«

»Ich soll dir Komplimente machen«, meinte Luce. »Aber da bist du bei mir schön hereingefallen. Wenn du nämlich weißt, warum ich dich liebe – ich weiß es nicht.«

»Du weißt es nicht?«, rief Pierre konsterniert.

»Aber nein!« (Sie lachte in sich hinein.) »Und ich brauche es auch nicht zu wissen. Wenn man sich fragt, warum eine Sache so und so ist, dann weil man ihrer nicht sicher ist, weil sie nicht gut ist. Jetzt, wo ich liebe, gibt es kein Warum mehr, kein Wo, kein Wann, kein Weil noch ein Wie! Meine Liebe *ist*. Sie *ist* einfach. Alles Übrige existiert, wenn es denn will.«

Und wieder fanden ihre Gesichter zueinander. Regen lief unter den ungeschickt gehaltenen Schirm und nässte ihnen Haar und Wangen. Sie schlürften ein kaltes Tröpfchen, das zwischen ihre Lippen rann. Pierre sagte:

»Aber die andern?«

»Welche andern?«

»Die Armen«, erwiderte Pierre. »Alle die, die nicht wir sind?«

»Sollen sie es doch machen wie wir, sollen sie lieben!«

»Und geliebt werden, Luce, das widerfährt nicht jedem.«

»Doch!«

»Nein. Du ahnst gar nicht, wie selten und kostbar es ist, was du mir schenkst.«

»Sein Herz der Liebe schenken, seinen Mund dem Geliebten, heißt seine Augen dem Licht schenken. Es bedeutet nicht geben, sondern nehmen.«

»Viele sind blind.«

»Die können wir nicht heilen, Pierrot. Schauen wir für sie mit!«

Pierre schwieg.

»Woran denkst du?«, fragte Luce.

»Ich muss daran denken, dass am heutigen Tag, weit weg von uns und doch ganz nah, DER seine Passion erlitt, der auf die Erde kam, um die Blinden zu heilen.«

Luce nahm seine Hand.

»Glaubst du an IHN?«

»Nein, Luce, ich glaube nicht mehr. Und doch bleibt er allen ein Freund, die er einmal an seinem Tisch empfangen hat. Du aber, kennst du ihn?«

»Kaum«, erwiderte Luce. »Man hat mir nie von ihm erzählt. Aber ich liebe ihn, auch ohne ihn zu kennen … Denn ich weiß, dass er geliebt hat.«

»Nicht wie wir.«

»Warum nicht? Wir, wir haben ein armes, kleines Herz, das nur dich lieben kann, mon amour. Er aber hat uns alle geliebt. Und doch ist es die gleiche Liebe.«

»Wollen wir morgen«, fragte Pierre bewegt, »am Tage, da er gestorben ist … Ich habe gehört, in Saint-Gervais geben sie sehr schöne Musik!« …

»Ja, ich würde gern an diesem Tag mit dir in die Kirche gehen. Er wird uns freundlich empfangen, da bin ich sicher. Und wenn wir näher bei ihm sind, sind wir wohl auch näher bei uns beiden.«

Lange sagten sie nichts mehr … Regen, Regen, Regen. Der Regen fällt. Der Abend steigt hernieder.

»Morgen um die Zeit«, sagte sie, »werden wir dort sein.«

Nebel kam auf. Luce erschauerte ein wenig.

»Liebste, dir ist doch nicht kalt?«, fragte er besorgt.

Sie stand auf.

»Nein, nein. Für mich ist alles Liebe. Ich liebe alles, und alles liebt mich. Der Regen liebt mich, der Wind, der graue Himmel, die Kälte – und mein kleiner Geliebter.«

Der Himmel blieb an diesem Karfreitag von seinen langen, grauen Schleiern bedeckt, doch die Luft war mild und ruhig. In den Straßen sah man Blumen, Osterglocken, Goldlack. Pierre kaufte ein paar, und Luce behielt sie in der Hand. Sie gingen den friedlichen Quai des Orfèvres entlang, vorbei an Notre-Dame, der Reinen. Der ganze Zauber der Île de la Cité, die in verhaltenes Licht getaucht lag, umgab sie mit seiner stillen Anmut. Auf der Place Saint-Gervais flatterten Tauben zu ihren Füßen auf. Sie sahen ihnen nach, wie sie die Fassade umkreisten. Eine ließ sich auf dem Kopf einer Statue nieder. Auf der letzten Stufe des Vorplatzes, als sie die Kirche gerade betreten wollten, drehte Luce sich noch einmal um und sah, ein paar Schritte entfernt, in der Menge ein rothaariges Mädchen von etwa zwölf Jahren, es lehnte am Portal, beide Arme über dem Kopf erhoben, und sah zu ihr herüber. Es hatte ein feines, fast archaisches Gesicht, wie eine jener kleinen Statuen in den Kathedralen, mit einem rätselhaften, niedlichen, unirdisch zarten Lächeln. Auch Luce lächelte ihr zu, und sie machte Pierre auf sie aufmerksam. Doch da glitt der Blick des Mädchens über sie hinweg und schien plötzlich erschrocken. Das Kind schlug die Hände vors Gesicht und war einen Augenblick später verschwunden.

»Was hat sie?«, fragte Luce.

Aber Pierre sah nicht hin.

Sie betraten die Kirche. Über ihren Köpfen gurrte eine Taube: letzter Laut von draußen. Dann erloschen die Geräusche der Stadt, die frische Luft verging. Das Orgelgebraus unter den hohen Gewölben, ein Vorhang aus Stein und aus Klängen, trennte sie nun von der Welt.

Sie suchten sich einen Platz im Seitenschiff, zwischen der zweiten und der dritten Kapelle, links vom Eingang. Dort kauerten sie sich auf eine Stufe in den Winkel eines Pfeilers, wo sie der Menge verborgen waren. Mit dem Rücken zum Chor sahen sie, wenn sie den Blick hoben, die Spitze des Altars, das Kreuz und die Fenster einer Seitenkapelle. Klagend ertönten die schönen alten Gesänge mit ihrer frommen Melancholie. Sie hielten sich bei den Händen, die beiden kleinen Heiden, im Angesicht des großen Freundes in seiner trauernden Kirche. Und beide murmelten leise und zur gleichen Zeit:

»Erhabener Freund, in deinem Angesicht nehme ich ihn, nehme ich sie. Vereinige uns! Du siehst in unsere Herzen.«

Ihre Finger blieben ineinander verschränkt und verflochten wie die Halme eines Korbs. Sie waren ein einzig Fleisch, das unter den Wogen der Musik erschauerte. Sie gerieten ins Träumen, als lägen sie im selben Bett.

In Gedanken sah Luce das rothaarige Mädchen vor sich. Und mit einem Mal schien ihr, als habe sie es in der letzten Nacht schon im Traum gesehen. Es gelang ihr nicht herauszufinden, ob es wirklich so war oder ob sie ihre gegenwärtige Vision in den vergangenen Schlaf projizierte. Dann aber, dieser Anstrengung müde, ließ sie ihre Gedanken treiben.

Pierre sann über sein kurzes verflossenes Leben nach. Die Lerche, die aus der dunstigen Ebene aufsteigt, um die Sonne zu suchen … Wie fern sie ist! Wie hoch sie steht! Werden wir sie je erreichen? … Der Nebel wird dichter noch. Keine Erde und auch kein Himmel mehr. Und die Kräfte erlahmen … Auf einmal, während hoch oben im Chorgewölbe eine gregorianische Vokalise dahinströmt, erklingt jubilierend ihr Gesang, und aus dem Dunkel steigt der kleine, kältestarre Körper der Lerche auf und schwebt über dem uferlosen Meer der Sonne.

Ein Druck ihrer Finger brachte ihnen zum Bewusstsein, dass sie gemeinsam schwebten. Und sie fanden sich wieder im Dämmer der Kirche, wie sie, eng aneinandergeschmiegt, den wundervollen Gesängen lauschten. Ihre Herzen, in Liebe zerschmolzen, erreichten die Gipfel der reinsten Freude. Und inbrünstig wünschten sie beide, beteten sie, dass sie nie mehr von dort herabmüssten.

In diesem Augenblick sah Luce, als sie den Liebsten mit einem leidenschaftlichen Blick umfing – er schien mit halb geschlossenen Augen und halb geöffneten Lippen in einer Ekstase des Glücks versunken und hob in einer Regung von dankbarer Freude den Kopf zu jener höchsten Kraft, die man unwillkürlich in der Höhe sucht –, sah Luce in dem roten und goldenen Fenster der Kapelle mit Ergriffenheit das Gesicht des rothaarigen Mädchens vom Vorplatz, wie es ihr zulächelte. Und stumm und starr vor Verwunderung sah sie auf dem so eigentümlichen Gesicht wieder denselben Ausdruck von Schrecken und Mitleid.

Im selben Augenblick erzitterte der mächtige Pfeiler, an den sie gelehnt saßen, und die ganze Kirche erbebte bis auf die Grundmauern. Und Luce, deren Herzschläge den Lärm der Explosion und die Schreie der Menge übertönten, warf sich, ohne Zeit für Angst oder Schmerz zu finden, warf sich, um ihn mit ihrem Körper zu decken wie eine Henne ihre Küken, auf Pierre, der mit geschlossenen Augen glückselig lächelte. In einer mütterlichen Geste drückte sie mit aller Kraft den geliebten Kopf an ihre Brust; sie über ihn gebeugt, ihren Mund auf seinem Nacken, so machten sie sich ganz klein.

Und der wuchtige Pfeiler stürzte mit einem Schlag auf sie herab.

August 1918

Anmerkungen

1 Französischer Staatsmann (1504–1573), wandte sich gegen die Inquisition, trat für die Verständigung zwischen Katholiken und Hugenotten ein und führte eine bedeutende Verwaltungsreform durch.

2 Anspielung auf Georges Clemenceau, zu dieser Zeit schon französischer Regierungschef. Noch zu Beginn des Krieges hatte er eine Zeitschrift mit dem Titel *L'Homme enchaîné* (Der Mensch in Ketten) gegründet, die sich gegen die Zensur wandte. Nun aber ging er selber rigoros gegen den »Defätismus« vor und brachte mehrere Kriegsgegner vor Gericht.

3 (franz.) Die tonangebende Pariser Gesellschaft.

4 Im Original reden sich die beiden jungen Leute mit *vous* an.

5 Um 1900 entstandene, mit Revolvern und Messern ausgerüstete Bande von Stadtkriminellen, vor allem am Montmartre.

6 Freskenzyklus von Raffael und seiner Schule in der Villa Farnesina in Rom. Rolland hatte von 1889 an zwei Jahre in der Stadt verbracht.

7 (ital.) Wer weiß?

8 Vulkan auf der Insel Martinique, dessen von Giftgasen begleiteter Ausbruch am 8. Mai 1902 etwa 29000 Menschen das Leben kostete.

9 Am 15. März 1918 ereignete sich in einer Sprengstofffabrik in La Courneuve, einer nördlichen Vorstadt von Paris, eine Explosion, die 16 Tote und Hunderte von Verletzten forderte sowie schwerste Zerstörungen an den umliegenden Gebäuden verursachte.

10 Siehe hierzu das Nachwort.

11 Pierre de Ronsard, *Amoren für Cassandre/Le premier livre des amours* (zitiert in der Übersetzung von Georg Holzer., Elfenbein 2006).

12 Heftig umkämpfte Orte in der Picardie, etwa 100 Kilometer nördlich von Paris.

13 Rolland hatte ihm 1908 in seinem Essay-Band *Musiciens d'aujourd'hui (Musiker von heute)* einen Beitrag gewidmet.

14 Anspielung auf ein Gemälde von Delacroix, *La Grèce expirante* (*sur les ruines de Missolonghi*, 1828), und zugleich ein Selbstzitat aus dem Roman *Johann Christof*: »Christof hörte schon den Donner der Kanonen daherrollen, die diese erschöpfte Zivilisation, dies verhauchende kleine Griechenland zerschmettern würden.« (*Johann Christof in Paris*, *Der Jahrmarkt*, übers. v. O. und E. Grautoff)

15 In Pompeji.

Nachwort

W. G. Sebald hat der deutschen Literatur vorgehalten, sie habe nach Ende des Zweiten Weltkriegs auf die Verheerungen der deutschen Städte durch die Bombenangriffe der Alliierten nur stumm und ohnmächtig reagiert, habe weggeschaut und – von wenigen Ausnahmen abgesehen – für das grauenvolle Elend der Zivilbevölkerung keine Worte zu finden vermocht. Als seien Tod und Zerstörung nicht in das »Sensorium der Überlebenden« eingedrungen (*Luftkrieg und Literatur*, 1999).

Es mag unverhältnismäßig erscheinen, die Zerstörungen im Paris von 1918 mit den hunderttausendfach schlimmeren von Hamburg oder Dresden in Beziehung zu setzen, von den vorausgegangenen Angriffen auf Coventry oder Rotterdam oder Warschau einmal abgesehen. Doch im Sinne einer Vorahnung, einer exemplarischen Mahnung lässt sich die Erzählung Romain Rollands sehr wohl verstehen. Hatte er doch schon 1915 an Albert Einstein geschrieben: »Diese furchtbare Krise wird für uns alle, Schriftsteller, Denker, Wissenschaftler, eine harte Lektion bleiben (...). In Zukunft müssen wir besser gerüstet sein gegen die Wiederholung einer solchen Plage (denn wir dürfen uns nicht einbilden, dass dieser Wahnsinn der letzte sei). Unsere Aufgabe wird darin bestehen, uns später auf eine europäischere Art und Weise zu organisieren. Übrigens hege ich die Hoffnung, dass auf die ungeheuren Leiden und die Raserei dieser Monate eine Reaktion folgen wird und dass die Völker, beschämt, wundgeschlagen und reuig erwachen werden.« (aus: *Briefe nach Deutschland*, übersetzt von P. Lenz-Medoc, München 1974)

Es hat in Europa bekanntlich erst der zweiten, von Rolland geahnten Katastrophe bedurft, bis diese Einstellung nach und nach Allgemeingut wurde, doch angesichts der Tatsache, dass es in der Welt auch nach dem Zweiten Weltkrieg schon etwa zweihundert Kriege gegeben hat, kann alle Vernunft nur dazu raten, uns solcher Warner auch in Zukunft zu erinnern. Nichts sollte uns davon abhalten, diesem außergewöhnlichen Schriftsteller, der wie kein anderer sich unermüdlich gegen den nationalistischen Rivalitätswahn stemmte, noch heute unsere Achtung zu erweisen. Es dürfte in Europa keinen anderen gegeben haben, der mit gleicher Beharrlichkeit und Lauterkeit kollektivistische Machtideologien zurückwies und dabei bewahrenswerte Traditionen so klar vor Augen behielt: die Freiheit und die Gleichheit von 1789, die Friedfertigkeit und die Menschenliebe, sei sie von Christus oder von Buddha inspiriert, das Mitgefühl Dantes, die Selbstverantwortlichkeit von Erasmus, die Ehrlichkeit Montaignes, die Skepsis und den Humor von Rabelais, die Toleranz wie die politische Leidenschaft Voltaires, die Universalität Goethes, die Intimität Stendhals. Er verband die Bewusstheit des Eigenen, die er – bei aller Skepsis gegenüber ihrer Enge – aus seiner burgundischen Heimatprovinz mitnahm, mit der Offenheit für das Andere, für bestimmte Züge der deutschen, der russischen, später der indischen Kultur, die er sich – bei allen Vorbehalten gegen den geistigen »Jahrmarkt« – in Paris erwarb. Überwölbt wurde all dies von einem tiefen Verständnis für die Musik, zumal die Beethovensche. Wenn ein Mann dieses Formats heute so weitgehend dem Vergessen anheimgefallen ist, dann – so steht zu vermuten – muss da ein schamhaftes Verdrängen von uns allen vorliegen: Was soll uns dieser lästige Mahner noch, er hat doch damals vergeblich gepredigt, und heute ist das alles überholt …! Sollte diese Vermutung für Deutschland zutreffen, so kommt für das Frankreich der letzten Jahrzehnte hinzu, dass man im Zuge einer allzu eilfertigen Abwendung von allem »Linken« ihm seine – gewiss sehr spät, nämlich erst nach dem Hitler-Stalin-Pakt, revozierte – Annäherung an den Leninismus glaubt verübeln zu müssen. Auch dort ist seine Leserschaft arg geschrumpft. Nur eine kleine, allerdings standhafte Gesellschaft der Freunde, die ihren bescheidenen Ableger in Deutschland hat, setzt sich weiterhin für ihn ein.

Als Rolland *Pierre und Luce* schrieb, war er zweiundfünfzig Jahre alt. Mit der Neuübersetzung dieser kleinen Erzählung einer Liebe in Zeiten des Krieges möchte der Aufbau Verlag den einst in der ganzen Welt und mit am eifrigsten in Deutschland gelesenen Autor wieder zur Geltung bringen. Es ist ein Werk, das bei aller Bitterkeit nach dem aufreibenden, vergeblichen publizistischen Kampf gegen den bürgerlichen Bellizismus auf allen Seiten, den Rolland seit Kriegsbeginn unter dem Stichwort *Au-dessus de la mêlée* – »Über dem Getümmel« – führte, auch ein wenig zur eigenen Ablenkung und Sammlung geschrieben ist. Dieser Einsatz hatte ihm auf beiden Seiten fast ausschließlich Hass und Verachtung eingetragen, ihm den Aufenthalt in Frankreich während des Krieges unmöglich gemacht und ihn gezwungen, noch Jahre nach Kriegsende im Schweizer Exil zu verweilen. *Mutatis mutandis* gilt dies auch für die anderen kleineren Werke, die – erstaunlich genug – in der Vorkriegs- und Kriegszeit entstanden: zunächst *Colas Breugnon* (1914), das rabelaisianisch getönte Bekenntnis zu dem leicht anarchischen Humanismus eines burgundischen Holzschnitzers, sodann *Liluli*, eine satirische Theatergroteske gegen das Kriegstreiben, und drittens den Roman *Clerambault, Geschichte eines freien Gewissens im Krieg* (1920), die Umbesinnung eines nationalistisch eingestellten Intellektuellen nach dem Tod seines Sohnes an der Front. Hinter ihm lagen die langen Jahre der schreibenden Fron mit *Johann Christof* (1904–1912), dem zehnbändigen Entwicklungsroman eines jungen rheinischen Komponisten, welchen seine Unangepasstheit erst aus Deutschland, dann aus Frankreich zu fliehen zwingt, bevor er schließlich in Rom etwas wie Erfüllung findet. Im Jahre 1915 mit dem Nobelpreis bedacht, findet dieser *roman fleuve* (der in Deutschland nach 1933, als Rolland die ihm angetragene Goethe-Medaille abgelehnt hatte, im »Museum der undeutschen Bücher« verschwand) alsbald seine Fortsetzung, eine Art Pendant im Weiblichen, mit der Figur der Annette in *Die verzauberte Seele* (1922 bis 1933), der ebenso sperrigen Geschichte einer eigenwilligen Frau, die ihren Sohn allein erzieht und in herber Auseinandersetzung mit ihm exemplarisch sich einen Weg sucht zwischen Individualismus und Kommunismus (in einem ursprünglichen Sinn verstanden). Rollands umfängliches Erzählwerk, zu dem zahlreiche Schriften zur Musik und Philosophie sowie eine ausgedehnte Korrespondenz kamen, wurde einer schwachen Gesundheit abgetrotzt, die seit 1910 überdies durch einen schweren Unfall geschädigt war, als Rolland auf den Champs-Elysées von einem Auto angefahren wurde.

Es könnte bei einem Leser von heute der Eindruck entstehen, *Pierre und Luce* sei sentimental oder gar kitschig. Dem ist nicht so. Die entstehende Liebe zweier junger Leute aus unterschiedlichem sozialen Milieu, die, inmitten kriegsbedingter Starrheit der Anschauungen bei gleichzeitigem Sittenverfall auf sich allein gestellt, Stärkung und Halt nur noch aneinander finden können und in ihrer trost- und aussichtslosen Lage ganz unausweichlich in einen Gefühlsüberschwang geraten, ist mit großer psychologischer Feinheit und Sicherheit gezeichnet. Rollands Stil, der in der Bildwahl einige spätsymbolistische Züge nicht verleugnet, ist frei von Manierismen und Worthuberei (wenn in älterer Zeit bei uns der Eindruck von Stilkitsch entstehen konnte, so dürfte das eher den Übersetzungen zuzuschreiben sein, die nicht das meisterliche Niveau der Verdeutschung des *Johann Christof* durch das Ehepaar Grautoff erreichten). Das Wagnis der Erzählung besteht darin, die beiden Liebenden in eine Lage und eine Stimmung zu versetzen, die man vor

Rolland als bukolisch-idyllisch und einige Zeit nach Rolland (und nach Hermann Hesse, seinem Geistesverwandten, mit dem er ab 1915 in Briefwechsel stand) als psychedelisch bezeichnet: die weltflüchtige, bindungs- und verantwortungslose sinnliche Träumerei (für die Rolland gerade keine Stimulantien benötigt, nur gelegentlich die Bildwelt von Puvis de Chavannes aufruft). Das Bestürzende daran ist, dass den jungen Leuten gar nichts anderes übrigbleibt, denn die Welt um sie her, an die sie sich hätten binden können, muss ihnen unannehmbar erscheinen. Besonders schmerzlich wird dies deutlich am Moment der Schamhaftigkeit: Das Zögern der »Kinder« vor der körperlichen Hingabe entspringt zunächst ihrem natürlichen Empfinden, zumal auf Seiten der jungen Frau, deren Schamgefühl plötzlich brutal verletzt wird durch das Verhalten der Mutter. Diese, gezwungen, in einer Munitionsfabrik ihren Lebensunterhalt zu verdienen, verfällt der dort herrschenden »Promiskuität« und nimmt sich einen Geliebten, was die Tochter tief verstört. In völlig anderem Modus findet sich dieses »Sodom und Gomorrha« – mit Pompeji verglichen! – im letzten Teil von Prousts *Auf der Suche nach der verlorenen Zeit.*

Pierre und Luce, dieser psychedelische Roman *avant la lettre*, ist durchaus auch ein Dokumentarroman. Das muss sich der heutige Leser klarmachen, insbesondere der deutsche, zumal es in früheren Übersetzungen mangels eines Kommentars eher verschleiert geblieben ist. Nach den ersten Bombardierungen von Paris, die – zum Teil mit dem Zeppelin! – noch eher harmlos ausgefallen waren, hatte der erste massive Luftangriff durch deutsche »Gothas« in der Nacht vom 30. auf den 31. Januar 1918 bereits fünfundvierzig Tote und über zweihundert Verletzte zur Folge. Genau an diesem Datum setzt die Erzählung ein. Die Hunderttausende von Gefallenen in den Schützengräben des Stellungskrieges an der Marne und bei Verdun konnten durch die allgemeine Gleichgültigkeit der Bevölkerung, verstärkt durch die Zensur, mehr oder minder aus dem Bewusstsein der Hauptstädter ferngehalten werden. Das macht uns Rolland sehr deutlich. Spätestens 1918 aber bekam Paris durch die Fortschritte der deutschen Artillerie den Krieg ungeahnt nah zu spüren. Das erste deutsche sogenannte Paris-Geschütz, das am 23. März 1918 im Wald von Saint Gobain bei Crépy-en-Laonnois, knapp 100 Kilometer nordöstlich der Hauptstadt, zum Einsatz kam, hatte eine Reichweite von 130 Kilometern. Die Geschosse erreichten eine Flughöhe von etwa 40 Kilometern und benötigten eine Flugzeit von drei Minuten bis zum Ziel. Das bei Krupp gebaute Geschütz hatte keinerlei militärischen Nutzen und wurde ausschließlich zur Terrorisierung der Zivilbevölkerung verwendet. Insgesamt wurden damit zweihundertsechsundfünfzig Zivilisten getötet und sechshundertzwanzig verwundet, eine geradezu lächerlich kleine Zahl, wäre da nicht die verheerende psychologische Wirkung gewesen, auf die mit voller Absicht gesetzt war. Die Bedeutung des Einsatzes für die deutsche Seite war so groß, dass am ersten Tag des Beschusses sogar der Kaiser die Stellung besuchte und das Schießen beobachtete, weshalb das Mordinstrument auch Wilhelm-Geschütz genannt wurde. Und: Bei einem »tragischen« Volltreffer auf die Kirche von Saint-Gervais im 4. Pariser Arrondissement während des Karfreitags-Gottesdienstes am Nachmittag des 29. März 1918 gab es eine hohe Zahl von Toten und Verwundeten. Die ausführlichste, beinahe Tag für Tag verzeichnende kriegsgeschichtliche Darstellung dieser Ereignisse stammt von dem auf amerikanischer Seite kämpfenden Oberstleutnant Henry W. Miller, der die Beschießung historisch mit dem Bombardement von Konstantinopel im Jahre 1453 vergleicht, für die die »Bombards« erfunden worden waren. Im Kapitel »Karfreitag« heißt es dort: »Auf dem Platz vor der Kirche staute sich die Menge. Es war genau 16 Uhr 30, als plötzlich die Hunderte von Kirchenbesuchern durch ein entsetzliches Krachen über ihren Köpfen aus der

Andacht gerissen wurden: ein Geschoss hatte das Kirchendach durchschlagen. Im gleichen Augenblick konnte man noch wahrnehmen, wie einer der großen Kirchenpfeiler ins Wanken kam und umzustürzen drohte; im selben Moment barst das ganze Deckengewölbe, das von dieser Säule getragen wurde, klaffend auseinander, und mit furchtbarem Getöse stürzten die schweren Steinmassen herab auf die versammelte Gemeinde. Freizukommen war aussichtslos.« Miller spricht von achtundachtzig Toten – neunzehn Männern, siebenundsechzig Frauen und zwei Kindern – sowie achtundsechzig Verletzten.

Wir wollen uns die Gelegenheit nicht entgehen lassen, diese Ereignisse auch aus der Perspektive des Tagebuchschreibers Rolland wahrzunehmen, der sie nicht vor Ort miterlebte, vielmehr im Schweizer Exil davon erfuhr. Zu diesem Zweck seien hier drei Abschnitte aus dem *Tagebuch der Kriegsjahre, 1914 bis 1919* wiedergegeben, das (im Umfang von 1800 Seiten!) 1952 erschien, jedoch von Anfang an mit den wesentlichen Notaten zur Veröffentlichung gedacht war:

Gründonnerstag. Karfreitag. Entscheidende Tage vielleicht in der Geschichte Europas. Von der Somme bis Verdun vollbringen die Kämpfer ihre äußerste Anstrengung. Dabei immer das strahlende Licht, in feuchtem Glanz leuchtende Augen. Es drückt einem das Herz zusammen. Man redet, man läuft herum, man lächelt, man bestaunt die Blumen; und man hat dabei auf dem Grunde von einem selbst etwas wie die dumpfe Beunruhigung durch einen Krebs, der die schmerzhaften Körperteile noch nicht erreicht hat, der aber unmerklich nagt und einen zerstören wird.

Kardonnerstag, Karfreitag! Es wird sich kein Papst gefunden haben, kein Konzil, kein Konsistorium, das die Mörder aus dem Schoße der Kirchen Christi vertrieben hätte, die diese geheiligten Tage mit Blut beflecken. Keiner wird, wie selbst in den finstersten Zeiten des Mittelalters, nach der treuga Dei *rufen! Aber bestimmt wird sich irgendein elender Schmierenkomödiant finden, Priester, Pastor oder Wilhelm Zwo, der sich mit Christus vergleicht und das Morden dabei feiert.*

Am Karfeitag, 29. März, vier Uhr nachmittags, fällt während der Trauermette eine deutsche Bombe auf eine Pariser Kirche, durchschlägt das gotische Gewölbe und fordert 165 Opfer (75 Tote), zum größten Teil Frauen und Kinder. So bekundet ein christlicher Kaiser seinen Glauben. (S. 1437f; übersetzt von Hartmut Köhler)

Aus der Sicht eines modernen Historikers schildert Pierre Darmon die Ereignisse in *Vivre à Paris pendant la Grande Guerre*. Kapitel XVIII handelt von dem Beschuss durch die »dicke Bertha«. Dort ist von einundneunzig Toten die Rede, darunter zweiundsiebzig Frauen und Kinder. Gewiss war der Treffer in der Kirche keine gezielte Aktion, sondern ein »Kollateralschaden« (»Kismet«, kommentiert der amerikanische Oberstleutnant. Eine traurige Parallele dazu aus dem Zweiten Weltkrieg war die – amerikanische – Granate, die die Kirche von San Miniato al Tedesco in der Toskana traf, was von den Brüdern Taviani 1982 in dem berühmten Film *La notte di San Lorenzo* verarbeitet wurde). In den letzten Jahren sind von literaturwissenschaftlicher Seite der Problematik des Schreibens für, gegen oder über den Krieg von 1914–18 mehrere größere Untersuchungen gewidmet worden, in denen Rollands Sonderrolle jeweils ausführlich von zeitgenössischen Autoren wie Henri Barbusse, Léon Werth, Georges Duhamel, in Deutschland Fritz von Unruh, Ernst Jünger, Walter Flex, Arnold Zweig u. a. abgehoben und erörtert wird. Genannt seien die Arbeiten von Trévisan, Lindner-Wirsching und Beaupré.

Dass indessen in *Pierre und Luce* alles darauf angelegt ist, die Übermacht der Bomben und Granaten geistig zu überwinden, auf das Recht des Lebens zu pochen, die Freiheit der Empfindungen einzufordern, wird mit jeder Zeile deutlich. Pierre, der wie alle Romanfiguren Rollands Züge seines

Autors trägt, ist seiner Familie, seinen Freunden entfremdet und mit seinem Land überworfen (der einzige menschlich ergiebige Kontakt für Pierre ist zu Beginn noch der zu seinem einberufenen älteren Bruder Philippe). Doch flößt ihm der Erzähler aller Verstörung zum Trotz eine kaum begründbare Gewissheit ein, die die Trauer und Aussichtslosigkeit der Situation noch bis kurz vor der finalen Zerstörung überspielt. In der letzten Phase freilich kann die zunehmende Ahnung vom bevorstehenden Verderben nur noch durch Selbstexaltierung betäubt werden.

Mit dem ersten Verweilen in einer Kirche wird zunächst dem Leser, nicht den Protagonisten, angedeutet, dass das Idyll eine tragische Wendung nehmen muss. Eine weitere, ebenso beunruhigende *praemonitio* wird nur Luce zuteil, und auch erst im vorletzten Moment: Sie erblickt kurz vor dem Betreten des verhängnisvollen Ortes ein kleines, rothaariges Mädchen mit einem »feine(n), fast archaische(n) Gesicht, wie eine jener kleinen Statuen in den Kathedralen«, das plötzlich die Hände über dem Kopf zusammenschlägt. Rolland soll gesagt haben, es handle sich in seiner Erinnerung um eine Figur aus der Kathedrale von Chartres, doch bleibt die Herkunft dieser Figur rätselhaft wie die ganze Erscheinung.

Künstlerisch ist auch der vorliegende Roman wie alle Werke Rollands vom Geist der Musik durchwirkt. Im Jahre 1935 wurde in einer Leipziger Dissertation der Versuch gemacht, seinen Aufbau bis ins letzte Detail in Analogie zu einer vierteiligen Symphonie zu setzen. Der Verfasser, Otto Fest, beruft sich auf ausdrückliche Zustimmung Rollands. Dergleichen können wir zwar heute nur noch mit ungläubigem Staunen lesen, doch gibt es uns einen Eindruck davon, mit welcher Verehrung man sich in jenen Jahren vor allem in Deutschland dem Schriftsteller näherte, der wurde, was man damals einen *maître à penser* und heute nicht ganz zutreffend einen Kultautor nennt.

Die erste deutsche Übersetzung von *Pierre und Luce* durch Paul Amann erschien bereits 1921 im Kurt Wolff Verlag, München: *Peter und Lutz* (sic!). *Eine Erzählung mit sechzehn Holzschnitten von Frans Masereel* (der um diese Zeit mehrere Werke Rollands illustrierte). Nach Marcelle Kempf soll diese Ausgabe bis Anfang der dreißiger Jahre eine Auflage von 150 000 Exemplaren erzielt haben; sie ist heute nur noch selten zu finden.

Eine zweite Übersetzung durch Hans Balzer brachte 1960 der Verlag Rütten & Loening heraus, der sich seit den zwanziger Jahren um Rolland verdient gemacht hatte und nach einer wechselvollen

Geschichte in der Zeit nach dem Zweiten Weltkrieg sein verlegerisches Programm seit den sechziger Jahren unter dem Dach des Aufbau-Verlags fortführte. In den folgenden beiden Jahrzehnten erschien dort unter dem schönen alten Logo des Greifen in einer Edition der *Gesammelten Werke in Einzelbänden* der größte Teil des Rolland'schen Werkes neu, darunter auch die Musiker-Essaysammlungen *Musiker von heute* (1972) und *Musiker von einst* (1976) sowie als Weltersterscheinung, noch vor einer französichen Ausgabe, der 1500 Seiten umfassende Briefwechsel Rollands mit Stefan Zweig (den man sowohl in seiner persönlichen als auch literarischen und zeitgeschichtlichen Bedeutung gar nicht hoch genug einschätzen kann).

In den sechziger Jahren des vergangenen Jahrhunderts haben sich erste blasierte Skeptiker in Frankreich und anderswo gefragt, ob Rolland wohl in Zukunft nur mehr ein Autor für Jugendliche und für »Chinesen«, so der Komparatist René Étiemble, sein werde, genoss Rolland doch in den fernöstlichen Ländern zunehmend höheres Ansehen. Aus Gründen, die noch der genaueren Erforschung harren, aber mit Sicherheit viel Aufschluss über unsere Entwicklung seit Rollands Tod (1944) geben könnten, sind viele ohne großes Nachdenken dieser Einschätzung gefolgt. Die emotional hoch aufgeladene

Atmosphäre der Kriegs- und Zwischenkriegsjahre hat – wie denn auch nicht! – Rollands Schreiben, das sich gegen sie richtete, mit bestimmt. Der Referenzrahmen, wie man heute sagt, ist ohne die Gemütswallungen des Krieges und der Kriegshetze nicht zu erfassen. Das Privileg der Literatur ist es, aus einem solchen Rahmen herauszutreten und immer neu und unvorhersehbar in die Gegenwart hineinzuwirken. Gewiss ist die heute wissenschaftlich betriebene Konfliktforschung genauer und nüchterner. Nur bewegt sie kaum jemanden. Doch nötigen gerade ihre Ergebnisse und Prognosen uns den Schluss auf, dass, um mit dem Kulturhistoriker Klaus Thiele-Dohrmann zu sprechen, Rollands »Vision einer gewaltfreien Welt« auf unserem Globus nicht so bald ihre Aktualität einbüßen wird. Wir werden auf den großen Mahner nicht verzichten können.

Berlin/Trier, März 2010
Hartmut Köhler

Literatur:

Beaupré, Nicolas, *Ecrire en guerre, écrire la guerre.* France, Allemagne 1914–1920. Paris 2006.

Cheval, René, *Romain Rolland et l'Allemagne*, Paris 1963.

Darmon, Pierre, *Vivre à Paris pendant la Grande Guerre*, Paris 2002.

Duchatelet, Bernard, *Romain Rolland, tel qu'on lui-même,* Paris 2002.

Fest, Otto, *Stilistische Untersuchungen zu Romain Rollands »Pierre et Luce«*, Borna – Leipzig, 1935.

Kempf, Marcelle, *Romain Rolland et l'Allemagne*, Paris 1962.

Lindner-Wirsching, Almut, *Französische Schriftsteller und ihre Nation im Ersten Weltkrieg.* Tübingen 2004.

Miller, Henry W., *The Paris-Gun*, New York 1930. Dt.: *Die Paris-Geschütze. Die Beschießung von Paris durch deutsche weittragende Geschütze und die deutschen Offensiven des Jahres 1918,* übers. von Karl Dietze, Berlin – Dresden 1936, 299 S., zahlreiche Abbildungen [im Vorwort als »Großtat deutschen Genies« bezeichnet]. Siehe auch http://de.wikipedia.org/wiki/Paris-Geschütz, mit Abbildung der Kanone.

Trévisan, Carine, *Les fables du deuil: la Grande Guerre, mort et écriture.* Paris 2001.

Leseprobe

aus: Mark Twain, Sommerwogen
Eine Liebe in Briefen
Aufbau Verlag

[An Jane, Orion und Mary Clemens]

Elmira, N.Y., 5. Febr. 1869

Meine liebe Mutter & Bruder
& Schwestern & Neffe
& Nichte & Margaret,

dies soll Euch davon in Kenntnis setzen, dass ich gestern, am 4. Februar, ordnungsgemäß & feierlich & unwiderruflich mit Miss Olivia Langdon, Alter 23½, einzige Tochter von Jervis und Olivia Langdon aus Elmira, New York, verlobt wurde. *Amen*. Sie ist das beste Mädchen auf Erden & das vernünftigste, & ich bin so stolz auf sie, wie ich nur sein kann.

Es kann noch lange dauern, bis wir heiraten, denn ich habe noch nicht genug Geld, um ihr sofort ein komfortables Heim zu bieten, & ich will von *niemandem* Hilfe. Ich kann ein Achtel des Cleveland Herald für 25 000 Dollar bekommen & habe es so geregelt, dass ich bezahlen kann, während ich das Geld mit meinen eigenen Händen verdiene. Ich werde mich noch ein bisschen umsehen, & wenn ich kein besseres Angebot bekomme, werde ich es annehmen.

Ich sorge mich nicht darum, ob ihr meine zukünftige Frau lieben werdet oder nicht – denn wenn ihr sie vierundzwanzig Stunden lang kennt & nicht liebt, werdet ihr das vollbracht haben, was seit dem Tag ihrer Geburt noch niemandem gelungen ist. Jeder, der ihr über den Weg läuft, schließt sie sofort in sein Herz. Meine Prophezeiung war richtig. Sie sagte, sie könne oder wolle mich niemals lieben, aber sie machte es sich zur Aufgabe, mich zum Christen zu erziehen. Ich sagte, dies würde ihr gelingen, doch in der Zwischenzeit würde sie eine Hochzeitsgrube graben & letztlich selbst hineinfallen – & siehe! die Prophezeiung hat sich erfüllt. Sie war vor ein oder zwei Tagen in New York & hat George Wiley & seine Frau & Clara kennengelernt. *Die* könnt Ihr ausquetschen, wenn Ihr wollt. Ihr werdet sie in *Bälde* treffen. Alles Liebe,

Euer Sam

Hartford, Samstagnacht [15. Mai 1869]

Liebe Livy,

lass mich nur gute Nacht sagen – sonst nichts. Genau wie ich es erwartet & in meinem Brief an Deine Mutter geschrieben habe, hat Mr. Bliss vergessen, den Brief an Dich abzuschicken, & ich entdeckte es eine Stunde nach dem Mittagessen & steckte ihn ein & nahm Kurs auf das Postamt – es schüttete wie aus Kübeln. Ich schnappte mir im Flur einen schmutzigen alten Regenschirm & lief los. Doch dieser Schirm ließ sich zu weit aufklappen & bog sich falsch herum durch – wie ein Trichter –, & Livy, das kannst Du mir glauben, bevor ich drei Blocks weit gegangen war, hatte er mir mehr als achtzehn Tonnen Regenwasser den Rücken hinuntergekippt. Ich war also nass bis auf die Knochen. Ich hatte noch meine leichten Schuhe an & begann das Wasser langsam *aufzusaugen*. Tonnen & Tonnen saugte ich auf, & das Wasser stieg in mir & stieg in mir höher & höher, bis es mir aus dem Mund & dann aus der Nase kam, & bald darauf begann ich zu weinen, zum Teil aus Trauer & zum Teil weil es überlief, weil ich dachte, ich würde gleich ertrinken, & ich schimpfte mich einen *Narren*, weil ich ohne einen Rettungsring ausgegangen war, was Livy mir strengstens verboten hat, & was sollte nun aus *ihr* werden?

Nun, wie Du weißt, wohne ich auf halber Strecke zwischen Hooker und dem Postamt, & es sind schätzungsweise sechs Meilen, & ich kam gerade noch rechtzeitig an, um meinen Brief dreieinhalb Stunden, bevor die Post schließt, aufzugeben, & ich sag Dir, ich war froh & hielt mich für schlau, & dann kaufte ich vier neue Ausgaben von Appleton's Journal & ging in die Stadt & besuchte kurz Billy Gross & ging weiter & vergaß meine Zeitschriften & ging zum Photographen & bestellte eine Menge Abzüge vom Negativ des Porzellanporträts, das ich Dir gegeben habe, & zog weiter & vergaß meinen Regenschirm – & rannte zurück zu Gross & schnappte mir meine Journale & ging über die Straße & heimwärts & erinnerte mich nach dreieinhalb Meilen an meinen Schirm & sagte mir: »Also schön, du hattest noch nie ein Unglück, das sich nicht hinterher als Segen erwies«, & so kehrte ich um & stapfte nass, aber fröhlich zurück – zwei mal dreieinhalb sind neun Meilen – & *bekam* meinen Regenschirm & ging wieder hinaus, & ein Kerl sagte zu mir: »Ah, gut, Sie sind's, nicht wahr? Sie haben meinen Schirm – komisch, dass ich ihn *hier* wiederfinde.« Und es *war* komisch. Wir hatten versehentlich unsere Schirme vertauscht – auf dem Postamt oder oben auf einem Baum oder irgendwo –, & hier, nach so langer Zeit & einem so langen Weg, steht er mit meinem alten Trichter in der Hand ahnungslos neben seinem eigenen Schirm & schaut sich diese Photographien an. Doch in dem Augenblick, als ich sein Eigentum an mich nahm, erkannte er es wieder – prächtiger Schirm, zauberhafte Hülle, chronometrisch ausbalanciert –, in Paris hat er tausend Dollar für dieses Prachtstück bezahlt, & er hatte unbezweifelbar meinen Schirm, denn was von seinem Papierkragen übrig war, war ihm den Rücken hinuntergeschwemmt worden, & er hatte erst kurz vorm Ertrinken die kleine Besonderheit meines Regenfängers erkannt & war an jenem Daguerrotypieladen vorbeigelaufen & gerade noch rechtzeitig hineingeklettert, um sein Leben zu retten – & er war *nass*, Livy, das kannst Du mir glauben. Er war hocherfreut, mich zu sehen. Ich zog fröhlich von dannen & sagte: »Du hattest noch *nie* ein Unglück, das sich nicht hinterher als Segen erwies – & das gilt noch immer, & diesmal war es für den anderen Burschen ein Segen.« Und dann kam ich heim. Und seitdem schreibe ich an einer schönen kleinen Geschichte über einen Nigger, der ein Fürst war, aus Afrika entführt & nach Amerika in die Sklaverei verkauft & 30 Jahre später entdeckt & seinem Herrn von amerikanischen Bürgern abgekauft & zurück nach Timbuktu geschickt wurde. Es ist dazu noch eine wahre Geschichte, Rev. Trumbull hat mir alles darüber erzählt. Sein Vater hat den armen Teufel mit eigenen Augen gesehen, & T. zeigte mir das Porträt (Original) seiner Majestät, das *Inman* gemalt hat. Wenn Du hier wärst, Liebling, könntest Du dieses spannende Abenteuer *lesen* & all die beiläufige Poesie darin erkennen – & all die Witze streichen, die Du nicht verstehst, & all die – nun einfach alles – Du sollst *alles* durchstreichen, wenn Du willst, denn wenn es Livy nicht gefällt, soll niemand anders die Gelegenheit bekommen, es zu mögen. Inzwischen ist es schon »Mitternacht – & alles gut!«

Dein ehrwürdiges Haupt sei tausendfach gesegnet & Deine kostbaren Lippen seien tausendfach geküsst, mein liebster Schatz.

Gute Nacht.

Sam

Troy, Samstag, 8. Januar [1870]

Liebste,

heute ist der Jahrestag der Schlacht von New Orleans, die von General Jackson zu einer Zeit geschlagen & mit hohen Verlusten gewonnen wurde, als zwischen England & Amerika Frieden herrschte.

Es ist auch der Jahrestag anderer Ereignisse, aber ich weiß gerade nicht von welchen.

Ich habe eben ein paar neue Abhandlungen gelesen, die beweisen wollen, dass die Welt sehr alt ist & die sechs Schöpfungstage sechs ungeheure Zeitspannen waren.

Zum Beispiel wurden laut »Genesis« die Sterne gleichzeitig mit der Welt erschaffen, doch der Autor erwähnt die wichtige Tatsache, dass es in Reichweite unserer Teleskope Sterne gibt, deren Licht 50 000 Jahre benötigt, um die Weiten des Alls zu durchqueren & zur Erde zu gelangen. Wenn wir also selbst in einer fernen Zukunft eine Reise durch den Weltraum unternehmen würden, könnten wir dann nicht die ersten zögerlichen Strahlen von Sternen treffen & begrüßen, die vor einer Million Jahren zu ihrer beschwerlichen Reise aufgebrochen sind? Ausgestoßene & heimatlose Strahlen, deren Elternsterne 500 000 Jahre, nachdem diese vagabundierenden Strahlen aufgebrochen waren, zu Staub zerfielen & vom Firmament gefegt wurden – Sterne, deren Bewohner in den unvorstellbaren Zeiträumen, seit diese wandernden Fünkchen ihre Reise durch die düstere Leere des Raums begonnen hatten, ihr kleines Leben lebten & lachten & weinten, hofften & bangten, sündigten & starben?

Wie unbedeutend sind wir mit unserer winzig kleinen Welt! – ein Atom, das mit Myriaden anderer Atomwelten in dem weiten Lichtstrahl schimmert, der von Gottes Antlitz ausströmt – & doch schwatzen wir selbstgefällig von unserem Pünktchen als der Großen Welt & betrachten die anderen Pünktchen als nette Kinkerlitzchen, die dazu da sind, unseren Schiffen als Orientierung & den Träumen junger Liebespaare als Inspiration zu dienen. Lebte Christus 33 Jahre auf jeder der Millionen & Abermillionen Welten, die ihre majestätischen Bahnen über unseren Köpfen ziehen? Oder war *unsere* kleine Kugel der Günstling unter allen anderen? Nimmt sich ein

Apfel in einem riesigen Obstgarten so wichtig wie wir? Oder ein Blatt im Wald – oder ein Sandkorn am Meeresstrand? Streiten sich die Ameisen über knifflige Fragen der Ameisentheologie, klettern sie auf einen Maulwurfshügel & blicken hinaus auf das gigantische Universum einer vier Quadratkilometer großen Wiese & rufen: »Gott ist groß, der all dies für UNS erschaffen hat!«?

Ich begreife nicht, wie sich die Astronomen anders als vollkommen unbedeutend fühlen können, denn jede neue Seite, die sie im Buch des Himmels aufschlagen, offenbart ihnen mehr & mehr, dass die Welt, auf die wir so stolz sind, für das Universum umhertorkelnder Weltkugeln so viel bedeutet wie eine Mücke für die geflügelten & behuften Schwärme & Herden, die die Lüfte verdunkeln & die Steppen & Wälder der Erde bevölkern. Wenn man die Mücke erschlägt, würde sie vermisst? Wahrlich, was ist der Mensch, dass Gott ihn beachten sollte?

Einer dieser Astronomen hat Photographien von 17 000 Meilen langen Flammenzungen gemacht, die aus der Sonnenoberfläche hervorschießen & flackern & zurückfallen & wieder aufsteigen – all dies in zwei oder drei Minuten, & manchmal schwingt binnen *einer* Minute ein Feuerbanner über 5000 Meilen von links nach rechts, eine unvorstellbare Geschwindigkeit! Denk an die Wirbelstürme, die über die Sonne fegen und solche Wunder vollbringen! Und neue Flammenzungen steigen auf, biegen sich & stürzen wieder hinab & spannen so über 20 000 Meilen einen blutroten Bogen, durch den man unsere arme Erdkugel wie einen Fußball zwischen den Beinen eines Jungen hindurchkegeln könnte.

Aber ich muss aufhören. Ich habe beschlossen, heute & morgen hierzubleiben, weil mir dieses Hotel überaus angenehm ist. Ich war so schlau, meinen *Nom de plume* ins Meldebuch einzutragen, & so haben sie es mir besonders bequem gemacht. (Ich habe nämlich herausgefunden, dass der Hotelbesitzer ein leidenschaftlicher Bewunderer von mir ist.) Er ist auch ein guter Kerl (natürlich).

Geh zu Bett, Liebste, geh zu Bett & schlaf friedlich & wache frisch & glücklich auf, mein Schatz.

Sam

Cambridge [New York], 13. Januar [1870]

Nein, liebe Livy, ich werde das Rauchen ebenso behandeln wie den Zeigefinger meiner linken Hand: Wenn Du mich ernsthaft darum bitten würdest, diesen Finger abzuhacken, & ich wüsste, dass Du es wirklich ernst meinst, & glaubte, dass dieser Finger meinem Wohlergehen auf irgendeine geheimnisvolle Art und Weise im Weg stünde, & wenn es mir klar wäre, dass Du nicht vollkommen zufrieden & glücklich sein könntest, solange er an meiner Hand bliebe, dann gebe ich Dir mein Wort, dass ich ihn abschneiden würde. Egal, was ich davon hielte & was alle Welt davon hielte – er müsste fort. Das wäre keine Verrücktheit, & alle wortreichen *Gegenargumente* würden angesichts des einen *unbezweifelbaren* Arguments, dass Du es so wünschst, vollkommen bedeutungslos werden, & unser Eheleben wäre nicht vollkommen harmonisch, solange der Finger an seinem Platz bliebe.

Nun gibt es nichts, das mich davon überzeugen könnte, dass *mäßiges* Rauchen schädlich für mich sei. Ich kann den Argumenten und Beweisführungen derjenigen keine Bedeutung beimessen, die keine persönliche Erfahrung in dieser Sache haben & notgedrungen nur Theorien spinnen. Theorien sind bei mir wirkungslos. Ich habe von meinen 34 Jahren 26 regelmäßig geraucht & bin das einzige gesunde Mitglied meiner Familie. (Was sind schon Theorien angesichts einer solchen *Tatsache*.) Meine Gesundheit ist tadellos – & war es immer, seit ich 8 Jahre alt war. Meine Organe – Lunge, Nieren, Herz, Gehirn – funktionieren perfekt. Der Arzt meiner Lebensversicherung erklärte, ich sei frei von allen Krankheiten & *erstaunlich* gesund. Nur bin ich das Opfer dieser schrecklich verderblichen Angewohnheit des Rauchens. Die Gesundheit meines Bruders hat sich allmählich verschlechtert, anstatt sich zu verbessern – dabei ist er ein Vorbild an Tugendhaftigkeit & hat *keine* schlechten Angewohnheiten. Meine Mutter hat 30 Jahre lang geraucht & dennoch ein Alter von 67 erreicht.

Liebe Livy, zieh keine Schlüsse aus der Tatsache, dass Du mich »nervös, gereizt« &c., &c. gesehen hast, denn das ist wirklich *kein* Argument. Du kannst Deinen Vater nervös, ausgelaugt, ruhelos erleben, Du kannst dieselben Stimmungen, die Du an mir bemerkt hast, auch bei jedem Nichtraucher beobachten. Das sind keine Zustände, die sich nur auf Raucher beschränken – wie Du wahrscheinlich aus eigener Erfahrung weißt.

Es *gibt* kein Argument gegen das Rauchen (zumindest in meinem Fall), das mich auch nur im Geringsten davon überzeugen könnte, denn ich *weiß*, während andere nur *spekulieren*.

Doch es gibt eines, das mich vom Rauchen abhalten kann, & nur eines. Ich werde diese Angewohnheit, die auf so harmlose Weise Vergnügen bereitet, aufgeben, sobald Du mir schreibst oder sagst, dass Du es *wünschst*. Es wäre ein Opfer – genauso wie wenn ich Dich darum bitten würde, nie mehr in die Kirche zu gehen, wohl wissend, dass keines meiner Argumente Dich davon überzeugen könnte, dass ich recht hätte. Es würde mir nicht schwerfallen. Ich habe aufgehört, Tabak zu kauen, zum einen weil es eine üble Angewohnheit ist, zum anderen weil meine Mutter es verlangte. Ich habe das Fluchen aufgegeben, weil Mrs. Fairbanks es wünschte. Ich habe aufgehört, Whiskey zu trinken, weil Du es wünschtest. Ich habe aufgehört, alle anderen Sorten von Alkohol zu trinken, weil es klar war, dass Du es wünschtest. Ich habe getan, was ich konnte, um nicht mehr die Hände in die Hosentaschen zu stecken & ausgestreckt in Lehnstühlen herumzulümmeln, weil Du es so wolltest. Das alles waren keine Opfer für mich. Diese Gewohnheiten aufzugeben beschnitt keine meiner Freiheiten – im Gegenteil, es befreite mich von verschiedenen Formen der Sklaverei. Mit dem Rauchen verhält es sich anders. Es gibt kein stichhaltiges Argument dagegen – & es aufzugeben kann also keinen anderen Grund haben als *Deinen* Wunsch. Die Wünsche aller anderen sind mir wichtig, aber nicht wichtig *genug*.

Aber auch wenn Du es nie *aussprechen* würdest & ich merkte, dass mein Rauchen unseren *vollkommenen* ehelichen Einklang & unser Glück beeinträchtigte, würde ich es über Bord werfen – ohne jedes Bedauern.

Liebe Livy, Du scheinst zu denken, es wäre für mich eine Herkulestat, eine seit 26 Jahren geliebte Gewohnheit plötzlich aufzugeben. Entweder kennst Du mich nicht, oder ich kenne mich selbst nicht. Ich denke anders darüber. Sprich die Worte, liebe Livy, ohne dabei die verhassten Argumente oder Theorien zu erwähnen, & Du wirst sehen, dass meine Liebe zu Dir stark genug ist, um Deinen Wünschen selbst in *dieser* Angelegenheit zu folgen. Nichts soll unserem völligen Einverständnis im Weg stehen, wenn ich es verhindern kann.

Wenn Du mich in dieser Sache gepeinigt und drangsaliert hättest, könnte ich nicht so sprechen – denn Zwang lässt einen nur noch stärker an den üblen Gewohnheiten festhalten. Doch warst Du diejenige, Liebling, die drangsaliert wurde (& obwohl Du es warst, kam es *mir* so vor, als sei ich es, & habe deswegen ständig Widerstand geleistet). Du hast Dir all das anhören müssen, & es tut mir im Herzen weh, daran zu denken. Die unmittelbare Folge war, dass ich noch weniger bereit war, diese Gewohnheit aufzugeben, als ich es sonst gewesen wäre. Jeder hasst es, bedrängt zu werden.

Ach, Livy, wenn die ganze Angelegenheit nur in Deiner Hand läge, hätte ich schon vor langer Zeit mit dem Rauchen aufgehört, & dies ohne Schmerzen und Schwierigkeiten. Wenn ein anderer als Du ein so mächtiges Laster angreifen würde, würde es böse enden. Es gäbe kaum Aussicht, dass andere Mittel etwas erreichten, wo Deine zarte Fürsorge versagte.

Es ist fast Essenszeit, & nach dem Abendessen kommen ein paar Freunde, die bis zum Vortrag bei mir bleiben. Wie gewöhnlich bin ich für diese kleine Provinzstadt prächtig herausgeputzt, & wie gewöhnlich muss ich um 6 Uhr früh aufstehen & in lebloser Lethargie zur nächsten größeren Stadt, Utica, aufbrechen & werde dort alles verpfuschen.

Es tut mir so leid, dass ich der Hauptgrund dafür war, meinem Liebling einen glücklichen Sonntag zu verderben. Ich bin beschämt & niedergeschlagen – & entschlossen, es irgendwie wiedergutzumachen. Armes Kind, niemand soll Dich schikanieren, wenn Du unter meiner Obhut weilst. Nicht einmal Mr. Langdon, auch wenn er unser beider lieber guter Vater ist. Ich gebe Dir einen Gutenachtkuss, Liebes.

Sam

[An Jervis und Olivia Lewis Langdon]

Zu Hause, Mittag, 9. Februar 1870

Lieber Vater & liebe Mutter,

Livy ist einkaufen gegangen & besucht die Slees, & ich bin zu Hause geblieben, um einen Zeitungsartikel zu schreiben, doch nachdem ich eine Stunde lang herumgetigert bin, merkte ich, dass ich kein besonderes Interesse an den Themen habe, die sich anbieten. Ein Mann kann eine Arbeit nur dann gut machen, wenn er mit dem

Herzen dabei ist, & so habe ich das Artikelkritzeln für heute sein lassen.

Wir haben die Slees einmal besucht, *ich* habe sie einmal besucht, *sie* haben uns einmal besucht, & nun ist *sie* zu *ihnen* hinübergegangen. Demnach sind die Beziehungen zwischen den beiden Häusern ungebrochen, & so wird es wohl auch bleiben.

Wir telegraphierten den Twichells, uns zu besuchen, & das taten sie. Sie blieben ganze vierundzwanzig Stunden hier & waren glücklich & wir ebenso. Sie besichtigten das ganze Haus & alles, was dazugehört, zum Teil weil es ihnen großes Vergnügen bereitete & zum Teil weil sie unsere Pracht vermutlich in allen Einzelheiten den Leuten in Hartford (die anscheinend seit kurzem ein gewisses Interesse an uns gefasst haben) schildern & berichten & immer wieder aufs Neue ausführlich darstellen müssen.

Ich holte sie vorgestern Nachmittag um zwanzig vor 4 mit der Kutsche ab, & wir führten sie von ihrer Ankunft bis zum Dinner (um 5) gründlich durchs Haus, & Twichell musste sich vor dem Betreten eines jeden Zimmers die Nase schnäuzen & die Füße abputzen (um seine Ehrfurcht auf entsprechend hohem Niveau zu halten), & wir lauschten ihren Begeisterungsrufen & freuten uns daran. Ich erzählte ihnen die Geschichte, wie dem kleinen Sammy im Märchenland geschah, als er nach einer Pension suchte, & sie gefiel ihnen *sehr*. Ich ließ sie nicht einmal in die Nähe des Salons, bevor sie nicht alle Herrlichkeiten des Palastes besichtigt hatten – bis nach dem Essen, denn ich wollte die Gaslampen aufdrehen & die

Möbelschoner entfernen. Es sah wundervoll aus! Ich denke, sie werden einen guten Bericht liefern. Mrs. T. meint, Alice Days Haus sei auf vulgäre Art protzig & geschmacklos. Das macht mich ungeheuer glücklich. (Ebenso Livy, aber sie spricht es nicht aus – zumindest will sie nicht, dass es sich herumspricht.)

[*Livy*: Ihr Haus ist nicht protzig, & Mrs. T. hat das nie behauptet, ach, ungezogener Junge.]

Livy ist die allerbeste kleine Hausfrau, & ich habe es immer gewusst. Alles läuft so glatt, als würde es von einer verborgenen Maschinerie betrieben. Die Dienstboten sind eifrig & ihr gegenüber überaus respektvoll (was sie auch lieber *sein* sollten).

Livy hat entsetzliche Mühe, ihre Haushaltskasse in Ordnung zu halten, & hat wirklich Probleme, einen Truthahn so sparsam aufzuteilen, dass er für die ganze Woche reicht, & sie plagt sich sehr damit, den Dienstboten beizubringen, dass sie niemals irgendetwas auf Kredit kaufen dürfen & dass alles, was sie einkaufen, vom Metzger oder vom Gemüsehändler im Haushaltsbuch eingetragen und von ihrem Adlerauge kritisch geprüft werden muss. Das sind all ihre *augenscheinlichen* Schwierigkeiten. Sie hat natürlich auch ihre kleinen seelischen Kümmernisse, sie gibt es auch zu. Aber Ihr könnt einen Gentleman beim Wort nehmen, dass sie sich insgeheim Vorwürfe macht, weil sie nicht *öfter* traurig & angemessen betrübt ist, da sie ein so schönes & liebes Heim verlassen musste. Dahinter steckt die erstaunliche Tatsache, dass sie sich sehr verändert hat. Sie ist wirklich so ausgelassen, so laut & so gesetzlos in ihrer munteren Glückseligkeit geworden, dass sogar ich mich dazu gezwungen sehe, eine griesgrämige, ernste & schickliche Miene aufzusetzen, um die Würde des Hauses zu bewahren. Sie zieht & zerrt mich herum & rauft mir die Haare & beißt mir in die Finger & lacht so laut, dass man es auf der Straße hört. Ich habe noch nie im Leben jemand gesehen, der so glücklich ist wie sie – außer mich selbst.

Wir genießen diese glücklichen Tage voll & ganz. Wir sitzen abends zusammen in der schönsten aller Bibliotheken, & ich lese Gedichte, & immer wieder stoße ich dabei auf eine Stelle, die mir die Tränen in die Augen treibt. Dann schaue ich zu ihr auf, um ihr liebevolles Mitgefühl zu erhaschen, & sie fragt mich, ob man Lendensteaks pfundweise oder yardweise verkauft. Ach, das Herz des Kindes hängt an ihrem Haushalt, nicht an romantischen Träumereien.

Unser Alltag ist recht gleichförmig. Wir stehen morgens um 6 Uhr auf & gehen abends um 10 zu Bett. Wir haben drei Mahlzeiten täglich – Frühstück um 10 Uhr, Mittagessen um 1 & Abendbrot um 5. Der Grund, weshalb wir schon um 6 Uhr früh aufstehen, ist, dass wir nachsehen wollen, wie spät es ist. Zum Teil deswegen, zum Teil aber auch weil wir gehört haben, dass Frühaufstehen vorteilhaft ist. Dann gehen wir wieder ins Bett & stehen so gegen halb 10 endgültig auf. Alles Liebe,

Euer Sohn

Saml. L. Clemens

Ich bin gerade von meiner Einkaufstour zurück, und jetzt ist Mr. Clemens in die Stadt gegangen. Ich habe Kleiderbügel, einen Brotkorb, ein Bügelbrett, eine Blumenvase &c. &c. gekauft.

Mr. C. möchte, dass an die beiliegenden Adressen Karten geschickt werden. Annie wird sicherlich erkennen, wenn er einige doppelt notiert hat. Es wäre schön, wenn Sue von Zippie die Adressen von Hattie Marsh Tyler und Lucy Gage Curson erfahren und ihnen Karten nachschicken könnte.

Wir sind so glücklich wie zwei Sterbliche nur sein können.

Alles Liebe,

Livy

[An Eunice Ford]

Buffalo, 11. November [1870]

Liebe Grandma,

ich habe mit einiger Ungeduld darauf gewartet, von Dir oder einem anderen Familienmitglied zu hören, aber bislang ist kein Brief für mich eingetroffen. Ich habe begeisterte Telegramme aus Cleveland erhalten & Gratulationen von Mr. Brooks aus New York. Auch die Telegramme aus Elmira wurden freudig empfangen & sorgsam aufbewahrt. Aber von Dir habe ich noch nichts gehört, zumindest nicht in Form eines Briefes, & ich muss leider sagen, dass mich das schon etwas traurig stimmt. Ab & zu lasse ich mir alles durch den Kopf gehen & begreife, dass Du in jüngster Zeit große Schwierigkeiten mit dem Schreiben hast. Dann fühle ich mich natürlich gleich besser, aber es hält nicht lange an. Bald mache ich mir wieder Sorgen & sage mir, dass Du mir zumindest eine Zeile hättest schreiben können. Aber mach Dir nichts draus, ich weiß ja, dass alles so ist, wie es sein sollte, & dass Du mich nicht übergangen hast, weil Du es so *wolltest*, sondern weil Du nicht anders *konntest*. Denn ich kann mir nicht vorstellen, dass Du mich nicht liebst. Heute um elf Uhr werde ich vier Tage alt. Erinnerst Du Dich an die Zeit, als Du vier Tage alt warst? Wahrscheinlich nicht. Morgen werde ich nach Oma Fairbanks Ausschau halten & mich freuen, sie zu sehen, aber es wird mir schrecklich leid tun, dass ich mich von Tante Susie Crane trennen muss, denn sie war bei meiner Ankunft hier, & ich weiß ihre Gesellschaft inzwischen sehr zu schätzen, weil sie meine Wesensart besser kennt als jeder andere außer Tantchen Smith.

Ich speise bei einer eigenartigen jungen Frau namens Brown, & ihr Baby speist bei meiner Mutter. Vermutlich könnte Mrs. Brown noch ein paar weitere Kostgänger wie mich versorgen, denn ich habe keinen großen Appetit. Ich weiß nicht, was sie im Schilde führen, aber ich denke, es ist in Ordnung. Es ist wohl ein netter kleiner Trick meines Vaters, um Geld zu sparen.

Mit meiner Garderobe habe ich so meine Schwierigkeiten. Außer einem Hemd, das Tante Hattie für mich genäht hat, habe ich keinen einzigen Fetzen auf der Welt, der mir passt. Alles ist mir zu groß. Du solltest mal die Dinger sehen, die sie Höschen nennen. Ich bin nur 30 Zentimeter groß, aber die Dinger sind fast einen Meter lang. Stell Dir das mal vor. Ich stolpere & breche mir jedes Mal den Hals, wenn ich einen Schritt mache. Ich vergesse einfach immer, den Überschuss hochzuraffen, wenn ich es eilig habe.

Ich sag Dir, ich bin es leid, neun Zehntel meiner Zeit bis zu den Ohren eingewickelt zu verbringen. Und ich kann es auch nicht leiden, ausgezogen & gewaschen zu werden. Ich *mag* es, ausgezogen & am Kamin gewärmt zu werden – das ist echt prima –, aber diese elende Wascherei ist abscheulich. Ich halte es für eine unverdiente & nutzlose Gemeinheit. Ich habe nie gesehen, dass sie die Katze waschen.

Ich kann Dir gar nicht sagen, wie langweilig es ist, auf Kissen & Schaukelstühlen herumzulungern, während alle anderen die Stadt unsicher machen und ihren Spaß ha-ben. Manchmal lassen sie das andere Baby auf dem Küchentisch liegen & der Sonne zuwinken, aber *ich* bekomme nie eine Chance. Manchmal werde ich so wütend, dass ich mein Temperament nicht mehr zügeln und meine Meinung nicht zurückhalten kann. Aber das macht alles nur noch schlimmer. Sie nennen es *Kolik* & geben mir irgendeine scheußliche Medizin. *Kolik*. Alles ist *Kolik*. Ein Baby kann nicht einmal bei der simpelsten Angelegenheit den Mund aufmachen, ohne dass irgendein Neunmalkluger meint, es habe *Blähungen*. Als ich den Hund zum ersten Mal sah, gab ich teils aus Angst, teils aus Bewunderung ein Geräusch von mir – und was hatte ich davon? Eine doppelte Dosis Medizin gegen Blähungen. Halten diese Leute mich für einen Ballon?

Mit meinem Teint bin ich nicht ganz glücklich. Ich bin

rot wie ein Hummer. Ich schäme mich wirklich, so unter die Leute zu gehen. Mit meiner Erscheinung bin ich allerdings recht zufrieden, ich glaube nämlich, dass ich genau wie Tante Susie aussehe. Meine Rationen halten sie so knapp wie möglich, & das ist etwas, was dem Verfasser dieser Zeilen nicht in den Kram passt. Meine Mutter bekommt Kartoffelbrei & Hafergrütze & Tee & Toast & alle Arten von nahrhafter Kost, aber *mir* gibt sie nie einen Bissen davon ab. Du kannst Deinen letzten Dollar darauf wetten, dass ich sie nicht darum *bitte*. Dann halten sie es bloß wieder für einen neuen Fall von »Blähungen«. Du musst mich entschuldigen. Ich lerne gerade, meine Kommentare für mich zu behalten. Aber ganz unter uns, Grandma: Gelegentlich gelingt es mir, sie übers Ohr zu hauen; gerade letzte Nacht habe ich Tante Smith stündlich dazu gebracht, aufzustehen & mich zu füttern – und ich war nicht ein einziges Mal hungrig.

Der Doktor war gerade wieder da. Vermutlich, um mich mit den neuesten Quacksalbereien zu plagen. Er ist der bösartigst aussehende Mann, dem ich je begegnet bin. Hierbei handelt es sich keineswegs um ein Vorurteil oder einen spontanen Ausbruch schlechter Laune, sondern um eine gelassene & wohlüberlegte Meinungsäußerung, die auf sorgfältiger Beobachtung beruht. Wenn ich erst meine Zähne habe, werde ich es ihm heimzahlen.

Auf Wiedersehen, Grandma, auf Wiedersehen. Alles Liebe an Dich & Großmama [Olivia] & den ganzen Haushalt.

In Liebe, Dein Urenkel

Langdon Clemens